KB025416

별게 다 행복합니다

별게 다 행복합니다

명로진 지음

행복을 발명하며 사는
사람들의 이야기

마음의숲

이제는 별게 다 행복합니다

오늘, 책상 위에 ㄱ자 모양의 스탠드를 하나 들여놨습니다.

며칠 동안 이것저것 재다 구입한 것인데 배경이 되는 벽지와 잘 어울립니다.

밤에 자다 일어나 불을 켜고 글을 씁니다.

스탠드 불빛만 봐도 기분이 좋습니다.

한 달 전에 입양한 극락초가 새잎을 뻗습니다.

지인 말을 듣고 달걀 껍데기를 곱게 빻아 흙 사이에 넣어주었습니다.

'주인께서 정성을 주시니 저는 자랄 밖에요'라고 하는 듯 키를 돋웁니다.

절로 미소가 떠오릅니다.

멀리서 공부하는 아이가 메시지를 보냈습니다.
"더운데 건강하시고요. 사랑해요, 아빠."
귀여운 이모티콘까지 덧붙였습니다.
마음이 따뜻해집니다.

산책하다 만난 꽃양귀비, 금계국, 개망초를 조금 꺾어
TV 아래에 꽂았습니다.
쳐다만 봐도 날 위로합니다.
꽃향기는 약손처럼 아픈 자리를 쓰다듬네요.

우리 시대를 어둡게 만든 바이러스 때문에
우울이 도처에 만연하니
이제는 별게 다 행복합니다.
가슴이 뻐근하도록…….

오늘은 이 작은 행복을 누려볼까 합니다.
당신도 함께하시렵니까?

2021년 여름, 영종도 백운산을 바라보며

차례

✖

부록

77인에게 묻는 행복

유재석은 행복할까?

　오래전, 유재석 씨와 예능 프로그램을 함께 촬영했다. (유재석과 알고 지내냐고 물으신 당신에게. 나는 방송 경력 30년 차다.) 드라마 형식으로 전개되는 짧은 추리물이었고, 녹화는 서울 근교의 공터에서 진행되었다.

　녹화 도중 휴식 시간, 재석 씨와 이런저런 이야기를 했다. 그러다 연예 활동에 관한 이야기가 나왔는데, 앞으로 연기를 시작해볼 생각이 없냐는 나의 물음에 재석 씨는 답했다.

"형. 저는 계획 없이 살아요."

거의 15년 전 이야기지만 '유느님'은 그때도, 지금도 잘나간다. 그런데 어느 TV 프로그램을 보다가 데자뷔를 느꼈다. 모델 한혜진과 나눈 대화다.

재석 혜진아, 넌 꿈이 뭐니?

혜진 전 꿈이 없어요. 오빠.

재석 어? 너 나랑 비슷하구나. 나도 꿈이 없는데…….

혜진 제일 싫어하는 질문 두 가지가 계획이 뭐냐, 꿈이 뭐냐예요.

재석 나도 계획 없이 살거든. 나는 지금까지 계획한 게 없어.

혜진 저도 없어요. 계획대로 풀린 적도 없고요.

재석 너도 그래서 계획을 안 하는구나. 실망하지 않으려고.

재석 씨는 목표를 정하고 어디까지 가야 한다는 것에 스트레스를 받는 스타일이다. 그래서 목표도 꿈도 계획 도 없이 사는 것이다. 다만 일이 주어지면 확실하게 한다.

자신의 삶을 방송에 맞춘다. 그렇게 방송에 최적인 컨디션을 유지한다. 마치 노자 사상을 체득한 것처럼 보인다.

《도덕경》 64장에 이런 말이 있다.

인위적으로 행하는 자는 실패하고 집착하는 자는 잃는다.

《도덕경》은 무위無爲의 경지를 이야기하는데, 유재석 씨야말로 거의 이 경지에 다다른 것 같다. 그런데 무위란 무엇인가? 쉽지 않은 개념이다. 누군가는 '하는 것이 없음'이라 해석했는데 무위보다 더 꼬인 설명이다. 무위는 아무것도 하지 않는 것이 아니다. '어떤 이념이나 기준을 근거로 행하지 않는 것'이란 풀이도 있다. 고로 유재석 씨는 자신이 세운 기준마저 거부하고 물처럼 자기 몸을 내려놓은 셈이다. 상선약수上善若水, 《도덕경》 8장의 명구가 21세기 한국의 한 희극인에 의해 실현되고 있다.

우리는 그동안 과도한 계획 속에 살아온 건 아닐까? 대한민국은 1960년대 경제개발 5개년 계획을 시작하면서 개발도상국을 벗어나려 애썼다. 매년 1월 1일에는 한 해의 계획을 세우느라 산봉우리마다, 해변마다 사람들이 들어찼다.

중학교에 입학하는 아이에게 꿈을 가지라 닦달하고, 고등학교에 들어가는 청소년에게 야망을 가지라 몰아댔으며, 성인이 되는 첫날 인생 계획을 요구한다. 취준생에게는 어느 회사에 들어갈 것인지 궁금해하고, 직장을 얻으면 결혼은 언제 할 건지 묻고, 신혼부부에게는 2세 계획을 취조한다.

청소년은 계획이 없다. 그 시기의 인간은 존재 자체가 계획이다. 사실 모든 인간은 존재 자체가 계획이어야 한다. 일찍이 마틴 루터 킹 주니어 목사는 1963년, 워싱턴 DC에서 "나는 꿈이 있습니다"라는 위대한 연설을 했다. 그로부터 반세기가 지난 한반도에서 유느님이 "나는 꿈이 없습니다"라는 탁월한 명제를 내놓은 것이다.

유재석은 행복할까? 돈이 많고 유명하니 당연히 행복할까? 아니다. 계획이 없어서 행복할 것이다. (적어도 내 눈엔 그렇게 보인다.) 목표를 세워놓고 달려가는 것을 제일 싫어한다는 그. 그런데도 그는 한국 방송 역사상 가장 많은 대상을 탄 연예인이다. 목표 없이도 최정상에 서 있는 이 역설을 어떻게 설명해야 하나?

혹시 꿈조차 버려낸 '비움'이 그를 성공으로 이끈 건 아닐까? 훗날을 살아갈 자신의 모습을 조급하게 설정하지 않고, 현재의 자신에게 충실했기에 행복과 더불어 영예가 덤으로 주어진 건 아닐까? 거창한 미래와 행복을 상상하고 설정하지 않은 것이 되려 거창한 미래와 행복을 가져다준 것은 아닐까? 수학을 포기한 사람을 '수포자'라 하는데, 유재석은 긍정적인 의미에서 '행포자(행복을 포기한 사람)'라 부를 수 있겠다. 행복하겠다는 욕심을 버리고 행복을 추구하지 않아서 행복한 사람. 행포자의 역설이다.

우리는 그동안 목표를 세우고 그것을 성취할 때 행복하다고 알고 있었다. 실은 원대한 목표와 계획이, 이루어질 수 없는 꿈들이 우리의 행복을 방해하는 가장 큰 걸림돌이었음을 유재석은 몸소 보여주었다. '꿈 따위는 갖지 말아야지'라고 생각하는 순간, 말할 수 없는 행복감이 몰려온다. 숨 쉬며 살아 있는 것만으로도, 건강히 일할 수 있는 것만으로도 충분하다.

그러므로, 이제부터 꿈을 갖지 말자. 행복해지려면.

+

자유와 방종은 '책임'이라는 한 끗 차이.
목표 없이 사는 것과 막 사는 것을 혼동하면 곤란해진다.

건물주는 행복할까?

"부동산은 종합예술이야."

친구이자 내가 잘 아는 유일한 건물주인 A의 말이다. 개인이 아닌 법인의 대표로 건물을 소유한 그는 이렇게 말한다.

"상권도 사람하고 똑같아. 생로병사를 겪지. 또 늘 변해. 그래서 공부하고 연구해야 하지."

A는 부동산을 이야기하면서 RTI 규제, 거래 사례 비교법, 레버리지 효과, 건폐율, 용적률 같은 단어를 입에 올렸다. 듣다 보니 엘리베이터, 화장실, CCTV 등 관리해야 하는 것도 많은 데다가 법률, 배관, 소방, 청소년 보호 등 신경 쓸 게 한두 개가 아니란다. 큰 건물은 관리인을 두지만 5층 정도 되는 건물은 건물주가 직접 못을 박고 페인트를 칠하기도 한다. 공실이 많으면 바로 손실로 이어지기에 걱정도 많다. 빌딩 경기란 것도 좋을 때가 있고 아닐 때가 있는데. 혼자 하는 건물 관리는 노가다나 다름없는데. 골치 아픈 임차인 들어오면 마음고생인데. 그는 건물주가 절대 놀고먹지 않는다고 강조한다.

한 번 이혼한 경력이 있는 그는 평범한 아저씨 스타일이다. 가끔 소개팅을 나가면 여성이 직업을 묻는데, 작은 건물 하나를 갖고 있다고 하면 비포와 애프터가 다르단다. 건물주란 말에 들이대는 여성도 있었다. 건물주의 고충은 모르고 그저 앉아서 돈 버는 줄 아는 여성한테 영혼까지 털린 적도 있었다. 강남의 대로변 건물인 줄 알고 왔다가 구도심의 작은 빌딩인 걸 보고 연락을 끊은 배포 큰 여성도 있었다. 아무래도 A는 공실과 연애 때문에 불행한 것 같다(고 생각하자).

내가 한가하던 때, 매일 오전 10시면 사우나에서 또 다른 건물주 B씨를 만났다. 60대쯤 되어 보이는 그 역시 배 나온 평범한 아저씨였다. 한동안 나는 그가 무슨 일을 하는지 몰랐다. 그와 마주친 지 1년째 되던 어느 날, 사우나 안에서 그는 내게 하소연했다.

"내가 작은 서점으로 시작해서 지금 30억짜리 건물이 하나 있소. 자식이라고 아들 하나 있는데 이놈이 통 일을 안 해. 뭐 하다 그만두고, 또 다른 거 하다 때려치우고. 건물 믿고 그러는 건데……. 그 쪼끄만 빌딩, 마음먹으면 없어지는 건 시간문제예요. 그 생각만 하면 등에 식은땀이 나."

B씨는 자식 때문에 고민이다. 그러므로 그다지 행복해 보이지 않았다(고 나를 위안한다).

또 다른 지인인 중년 여성 C씨는 종종 "벤츠 타고 싶다"고 노래를 하기에 그런가 보다 했다. 언젠가 지인들과 함께 서울 근교로 1박 2일 여행을 떠났는데 그는 렉서스를 몰고 왔다. 돈 벌어서 벤츠 산다는 의미가 아니라 그저 취향을 바꿔보겠다는 뜻이었다. 그야말로 언제든 벤츠를 살 수 있는 재력가였다. 강남에 15층짜리 빌딩이 두 채 있다 하니 가늠할 수 없는 부동산 준재벌이다.

그러나 어제도 할인 마트에서 사소한 문제로 점원과 말다툼을 했단다. 올리브유 선물 세트 열 개를 사는데 할인을 안 해준다면서, 그럴 거면 왜 할인 마트라 이름 붙였느냐는 거다. 그는 억울하단 듯 덧붙였다.

"할인이야 안 해줄 수 있다고 쳐요. 내가 뭐 그 돈 없어서 그러는 줄 알고 눈을 치켜뜨고 따박따박 말대꾸하더라니까."

이런 분은 이마에 '건물주'라고 새긴 문신이라도 하고 다녀야 하는 것 아닌가? 그럼 사람들이 함부로 대하지 않을 텐데.

펜션에 도착해 맥주 한잔하며 이야기를 나누다 우린 흥이 올랐다. 펜션 단지 안에 노래방도 있다기에 대낮부터 노래하러 갔다. 노래방에 도착했는데 C씨가 갑자기 총무를 맡은 김 군에게 펜션 문을 잠갔는지 묻는다. 김 군이 안 잠갔다고 하니 그는 잠그고 오겠다며 열쇠를 달란다. 다들 한마디씩 했다. 괜찮다고, 여기 여러 번 왔었는데 도난 사고 같은 거 없었다고, 누가 펜션 돌아다니면서 도둑질하겠느냐고. 그러나 C씨는 단호했다.

"아냐, 노래가 안 나올 거 같아. 거기 우리 가방 다 있잖아. 내 가방에 현찰도 꽤 있어요. 그 생각하면 등에 식은땀이 나."

안도현의 시구를 이렇게 바꾸어야 할까 보다.

건물주 함부로 욕하지 마라. 너는 열쇠 때문에 한 번이라도 식은땀 흘려본 적 있느냐.

버트런드 러셀은 그의 책 《행복의 정복》에서 "인간은

몸이 성하고 배가 부른데도 행복하지 않은 유일한 동물"
이라 했다. 끝없는 탐욕 때문이다. 러셀은 이어서 "부유
해봤자 소용이 없으므로 차라리 기본적인 욕구를 충족시
키기 위해 에너지를 쏟는 생활을 하라"고 충고한다. TV
프로그램 〈나는 자연인이다〉에 나오는 이들의 삶의 만족
도가 높은 이유일지도 모르겠다.

다시 A의 이야기. 싱글인 그는 애인도 자식도 없다며
내게 신세를 한탄했다. 아들이 있는 내가 부럽단다. 나는
건물이 있는 그가 부러운데. 마음만은 나도 건물주인데
(그래서 마인 크래프트를 한다). 모든 사람은 남이 부러워
할 만한 면모를 제각각 갖고 있는 모양이다. 내 의견을 전
달했더니 A는 이렇게 말했다.

"하느님이 모든 사람에게 건물을 줄 수 없어서 사랑
하는 사람을 하나씩 준 거야."

그날 나는 묘하게 설득되었다.

'종합예술' 부동산에 대해 열심히 공부하듯
사랑하는 사람에 대한 공부도 필요할 것 같다.

영광을 얻고 싶다면

2020년 10월 27일, 영국 프리미어리그 토트넘과 번리의 경기가 있었다. 경기는 1대 0으로 토트넘의 승리였다. 후반 31분, 해리 케인의 헤딩 패스를 받은 손흥민이 골키퍼와 수비수 사이로 골을 넣었다. 케인과 손흥민은 프리미어리그의 스타이자 월드클래스 선수로, 토트넘을 떠받치는 두 기둥이다.

손흥민은 골을 넣고 케인을 반갑게 맞으며 세리머니를 했다. 그들이 뭐라 말했는지는 알 수 없다. 입 모양으로 봐선 "We did it(우리가 해냈어)!" 정도인 것 같다.

경기 후 기자들이 모리뉴 감독에게 물었다.

Q. 케인과 손이 함께 골을 넣었다. 그들은 어떤 수준인가?
A. 둘은 대단한 선수이고, 서로 가까운 친구이면서 질투
도 없다. 내가 널 위해 뛰면 넌 날 위해 뛴다는 생각으
로, 또 우리 모두는 팀을 위해 뛴다는 마음으로 경기에
임한다.

이후 해리 케인에게 물었다.

Q. 팀메이트와 만드는 득점, 어떤 기분인가?
A. 좋다. 우리는 이기기 위해 경기한다. 지난 몇 주간
Sonny(손흥민의 애칭)가 멋진 공격을 보여주고 있다.
그가 계속 그렇게 해주길 바란다. 오늘 내 어시스트가
뛰어나지 않았지만 손이 잘 처리해주었다.

이번에는 손흥민에게 물었다.

Q. 어려운 경기였다.

A. 어려운 경기였지만 승리해서 승점 3점을 얻었다. 번리가 우리 수비를 힘들게 했다. 하지만 우리 선수들이 아주 잘해주어서 무실점을 유지했다.

Q. 시즌 10호 골이다.
A. 보통 헤딩으로 골을 넣지 않는데, 운 좋게 내가 있는 곳으로 볼이 왔다.

Q. 케인과 서로 생각을 읽는가?
A. 아니다. 서로를 잘 이해한다. 내 생각엔 그가 대단한 것 같다. 내가 그저 뛰기만 하면 공이 내 발끝에 와 있다. 케인과 함께 경기하는 건 매우 즐거운 일이다.

얼마나 아름다운 인터뷰인가! 나는 종종 스포츠 선수들에게 무한한 감동을 받는다. 그들이야말로 인간학의 핵심을 태생적으로 아는 듯하다. 인간학의 핵심이 뭐냐고? 배려다. 역지사지다. 인仁함이다. 공자는 《논어》에서 이렇게 말했다.

夫仁者 己欲達而達人 부인자 기욕달이달인

대체로 인한 사람은

자기가 잘되고 싶으면 남을 먼저 잘되게 한다.

케인은 손흥민에게 공을 돌리고 손흥민은 케인 덕분이라 말한다. "뛰다 보면 케인이 패스해준 공이 내 발끝에 와 있다"는 식의 멘트를 도대체 어디서 배운 것인가? 둘은 서로 시기도 하지 않는다. 천성이 그런 것인가? 훈련된 결과인가? 내가 보기엔 이들의 DNA가 원래 그런 듯하다. 대체로 월드클래스 선수들은 '기욕달이달인己欲達而達人'의 진리를 어려서부터 경험해온 이들이다. 더구나 팀 경기인 축구에서 이 중요성은 말해 무엇하랴.

만약 남이 좋은 위치에 있는데도 매번 제가 골을 넣으려 하고 어시스트를 하지 않는다면, 그 선수는 팀에 걸림돌이 된다. 브라질 축구 영재로 한국에 와서 2000년대 중반 프로리그를 뛰었던 J 선수의 경우, 팀이 지정한 페널티 키커를 무시하고 자신이 공을 차겠다며 우기다 실축하는 등 이기적인 플레이가 반복되면서 퇴출당했다.

번리 전에서 결승 골을 넣은 손흥민은 행복해 보였다. 다른 경기에서 손흥민이 어시스트를 하고 케인이 골을 넣었을 때도 그는 아낌없이 기뻐했다. '도움을 주어야 도움을 받는다'는 명제는 아이들이 노는 공터부터 프리미어리그의 축구장까지 통용되는 진리다. 이 진리를 깨닫지 못하면 공터에서 멈추고 이 진리를 빨리 깨달을수록 프리미어리그에 가까워진다.

한국 여배우로서 처음으로 아카데미 여우조연상을 받은 윤여정 선생의 인터뷰에서도 이 아름다운 미덕을 발견할 수 있었다.

"노미니(수상 후보)는 한 명과 동행할 수 있었다. 아들에게 가자고 했더니 자신은 자격이 없다며 인아 누나(이인아 PD)랑 같이 가라고 했다. 내가 〈미나리〉에 참여할 수 있게 해준 일등 공신이고, 여러모로 도와준 인아와 오는 게 맞는 것 같았다. 오스카 수상식에 오는 게 참 대단한 일 아닌가. 그런데 인아는 사양하며 '나는 노바디이니 아무래도 한예리 씨가 가는 게 좋을 것 같다'고 했다.

그렇게 예리와 수상식에 참가하게 됐다."

윤 선생의 아들은 PD에게 공을 돌렸고, PD는 배우에게 자리를 양보했다. 이게 영화인의 정신이다. 덕이 없는 것 같지만 그래서 진정 덕이 있는 거다. 우리의 인생 역시나 혼자 잘해서 행복해지지 않는다. 나와 연결된 수많은 사람이 팀으로 뛰는 거다. 공을 줄 때는 아낌없이 주어라. 그러나 누군가 어시스트를 받으려고만 하고 당신을 어시스트해주지 않는다면, 하루빨리 당신의 인생에서 그를 퇴출하라. 그게 행복으로 가는 지름길이다.

+

탈무드에는 이런 구절이 있다.
"위대함은 그것을 좇지 않는 자를 따른다."

볼보이의 기쁨

2019년 11월 27일, 영국 프리미어리그 축구팀 토트넘은 챔피언스리그 16강 진출을 두고 그리스 올림피아코스와 홈에서 경기를 벌였다. 토트넘은 약체로 평가받던 올림피아코스에게 전반에 두 골을 허용해 분위기가 침체되어 있었다. 1대 2로 끌려가던 후반 4분, 경기장 밖으로 나간 공을 볼보이가 재빨리 토트넘 공격수에게 건넸다. 이 공은 모우라를 거쳐 골문으로 쇄도하는 케인에게 전달되어 동점 골을 만들어냈다.

골이 들어간 뒤, 토트넘의 모리뉴 감독은 볼보이였던

열다섯 살의 캘럼 하인스에게 다가가 그를 격하게 껴안았다. 그리고 "잘했어!"라고 말했다. 승기를 잡은 토트넘은 두 골을 더 넣어 4대 2로 승리했다. 경기 직후, 기자회견에서 모리뉴 감독은 하인스에 대해 이렇게 말했다.

"나도 열 살 때부터 6년간 볼보이를 했다. 오늘 그 소년은 경기에 집중했고 경기를 읽을 줄 알았다. 동점 골은 그가 신속하게 공을 건네줘 경기의 흐름을 끊지 않은 덕에 만들어졌다. 경기가 끝나고 소년을 라커 룸에 데려가고 싶었으나 벌써 사라지고 없었다. 다시 한번 고맙다."

축구 감독 중 볼보이에게 관심 있는 사람이 몇이나 될까? 나는 모리뉴가 볼보이를 껴안는 모습을 보고 감동했다. 그는 아마도 어린 시절의 자기 모습을 떠올렸던 것 같다.

볼보이가 하는 일은 사소하다. 하지만 때로는 이 사소한 차이가 중요한 경기의 승패를 결정한다. 하인스가 조금이라도 늦게 볼을 건넸다면 토트넘은 졌을지도 모른다. 하인스의 부모는 모리뉴가 아들을 포옹하며 칭찬했다는 말을 듣고 놀랍고 기쁜 일이라 전했다.

그 소년은 훗날 훌륭한 축구 선수가 되거나 모리뉴처럼 세계적인 축구 감독이 될지도 모른다. 모리뉴는 다음 경기에서 하인스를 마주치자 "오늘도 잘 부탁해"라고 말했고 소년은 기쁨을 감추지 못했다. 경기 후, 모리뉴는 기어코 하인스를 선수들과 함께하는 식사에 초대했다. 소년은 볼이 발그레져서 자신이 영웅처럼 생각하는 선수들에게 각종 칭찬을 들었다.

"굿 잡!"
"네가 MOM*이야."
"너로구나. 그 유명한 볼보이가."

하인스의 사소한 행동 하나가 중요한 결과를 만들어 냈다. 그리고 모리뉴는 하인스의 행동이 경기에 얼마나 큰 변화를 가져왔는지 알고 있었다. 사소한 행위을 하는

*   'Man of the Match'의 준말로 경기에서 가장 큰 활약을 펼친 선수를 뜻한다

사람도 그 행위를 발견해주는 사람도 모두 중요하다. 결과에 큰 영향을 미치는 사소한 행동을 북돋는 일도, 그 격려를 받고 사소한 행동에 열정을 다하는 일도 필요하니까. 그렇게 두 사람의 하모니가 아름다운 이야기 하나를 세상에 던져주는 것이다.

+

사소한 행동을 발견하는 사람은
사소한 행동을 수행했던 사람이다.

지선이는 예뻤다

개그우먼 고故 박지선은 스스로 '멋쟁이 희극인'이라 칭했다. 고등학교 때 전교 1등을 놓치지 않았던 그는 고려대학교 교육학과를 나온 재원이었다. 학과 친구들 대부분이 그렇듯 학교 선생님이 되기 위해 교원 시험을 볼 준비를 했다. 임용 대비반 학원에서 고등학생처럼 공부하던 그는 문득 '이 길이 맞나?' 하는 생각이 들었다. 인생을 결정하는 절체절명의 순간이었다.

"내가 살면서 정말 행복했던 때가 언제인지 가만히

뒤돌아봤어요. 고 3 때 아이들 모아놓고 웃겼던 때더라고요."

　박지선은 동창들 사이에서 '되게 웃기는 모범생' 소리를 들으며 학교에 다녔다. 그는 결국 2007년, KBS 개그우먼으로 데뷔했고 그해 연예대상에서 신인상을 타며 두각을 나타냈다. 이후 개그와 예능 프로그램에서 탁월한 연기와 능청스런 대사로 좋은 활약을 보여주었다. 심지어 퀴즈 프로그램에 나가서 1등을 하기도 했다.

　(그를 잘 알지도 못하는 무지몽매한) 혹자는 그를 두고 이렇게 말한다.

　"박지선이 못생긴 외모로 남들을 웃기는 것에 대해 겉으로는 아무렇지 않게 말했지만 젊은 여성으로서 속으로는 상처받았을 거다. 남을 웃기면서 자신은 울었다고 본다. 그러한 것들이 극단적인 선택으로 이어진 게 아닐까?"

　나는 2013년, 케이블 TV 프로그램 〈방송의 적〉에 박지선과 오나미가 출연해서 나눈 이야기를 기억한다. 프로그램에서 '못생긴 역할'로 개그를 한다는 명목으로 둘을 부른 것이다. 둘은 적당히 웃겨주고 적당히 심각해하며 프로그램을 이끌어나갔는데, 다음은 대기실에서 쉬던 두 사람의 이야기다.

지선 너 요즘 왜 이렇게 예뻐져?

나미 제가 뭘요? 선배님이 더 예뻐지고 있어요. 연애하시죠?

지선 딴소리 말고. 너 성형 이런 거 하지 마.

나미 무슨 성형을 해요? 제가.

지선 그리고 너 치아 교정도 하지 마.

나미 아휴, 안 해요.

지선 (오나미 입을 가리키며) 속으로 하는 거, 너 그거 하는 거 아냐?

나미 아니에요.

지선 보톡스 이런 것도 맞지 말고.

나미 보톡스를 왜 맞아요?

지선 우린 예뻐지면 안 돼. 우린 못생긴 걸로 가야 해.

나미 그럼요. (설정인 듯 코를 후벼 코딱지를 튕긴다)

박지선과 오나미는 웃지도 않고 이런 블랙코미디를 날렸다. 박지선이 오나미에게 성형하지 말라고 하는 이유는 그들이 예쁜 외모로 승부하는 연예인이 아님을 인지하고 있었기 때문이다. 세상에서 가장 어려운 일이 자신을 아는 것인데 박지선은 그 일을 고스란히 해내고 있었다. 못생긴 개그우먼이 아니라 자기 자신을 아는 연예인, 그게 그의 콘셉트이고 정체성이다.

세상에 예뻐지고 싶지 않은 여자가 있을까? 여기 있다. 우리는 예쁘다는 정의를 외모에 국한한다. 하지만 박지선은 그 누구보다 예뻤다. 그는 자신의 외모를 사랑했다. 있는 그대로의 자신을 좋아했다. "세상에 나처럼 생긴 사람은 하나밖에 없잖아요. 그래서 전 제 모습이 좋아요"라고 당당히 말했다. 자신을 정확히 알고, 있는 그대로 사랑하는 것보다 아름다운 태도는 없다. 연기할 때 행복하다는 그는 내면의 자신감이 받쳐주었기에 그 연기가 더욱 빛났다.

맘에 들지 않는 외모를 손보고 싶은 마음은 누구에게

나 있다. 하지만 성형외과 광고 사진 속 전형적인 스타일의 미녀가 정말 예쁜가? 나는 잘 모르겠다. 솔직히 너무 똑같아 지루하기까지 하다.

박지선은 '당당한 개그우먼'이라는 타이틀과 예뻐지고 싶은 욕망 사이에서 전자를 택했다. 세속적 미에 대한 욕심을 버리고 자아실현을 위해 자신만의 의지를 간직한 것이다. 그 때문에 그는 일부러 치아 교정도 안 하고 보톡스도 맞지 않았다. 그런 그가 겉모습만 예뻐지기 위해 성형을 한 사람들보다 백 배는 더 아름답고 멋지다. 그래서 그의 부재가 오늘 더 안타깝다.

+

**멋쟁이 희극인 지선 씨
이제 그곳에서 행복하시길.**

두심은 행복한 사람

2020년, 제주영화제에 초청되어 개막식 사회를 봤다. 개막작은 소준문 감독의 〈빛나는 순간〉이었다. 70대 해녀와 30대 다큐멘터리 PD의 사랑 이야기다. 해녀는 고두심 선생, PD는 지현우 씨였다. 영화는 마흔 살 차이가 넘는 남녀의 아름답고 깔끔한 사랑을 제주의 아름다운 풍광 속에 담았다. 보면서 난 두 번 울었다. 해녀 진옥이 과거의 사랑(제주 4·3 사건에 얽힌 부모님에 대한 소회)에 대해 이야기할 때, 그리고 현재의 사랑인 경훈에 대해 지인에게 털어놓을 때.

개막식이 끝나고 환영회 자리에서 난 고두심 선생 옆에 앉게 됐다. 차가운 도시 여인 역을 많이 맡아왔지만 선생은 다정다감하고 친절했다. 상대를 추켜올려 주길 좋아하고 자신의 이야기도 적당히 들려주었다. 방송 3사 연기대상을 모두 휩쓴 연기의 달인이자 국민 배우인데도, 제주와 관련된 일이라면 두말 않고 달려오곤 한다. 〈빛나는 순간〉의 70대 해녀 역을 맡은 이유에 대해서도 "이 역을 나만큼 잘할 사람이 누가 있수꽈?"라며 제주도민을 웃음 짓게 했다.

조선 시대 때 연이은 기근으로 기아가 속출하자 전 재산을 풀어 도민을 살린 김만덕이란 분이 있다. 2004년, 고두심 선생은 김만덕 기념사업회에 1억 원을 기부했고, 이듬해에 다시 제주여중·고에 1억 원의 장학금을 쾌척했다. 1994년에 기부한 1억 원에 이어 장학금으로만 총 2억 원을 기부했다.

또 2002년에 모 기업 CF에 출연하면서 2억 원을 받았다. 그때 한 기자가 출연료의 용처를 묻자 선생은 "좋은 일에 쓸 것"이라고 답했다. 견물생심이라는 말도 있듯이, 자기가 한 말을 지키는 것은 쉽지 않은 일이다. 정치인이라면 입 싹 씻었을 약속을 고두심 선생은 지켰다. 대단하다.

그 사실을 알고 있는 나는 아무리 고향이라 해도 그렇게 하기 쉽지 않은데, 장학금을 흔쾌히 주시니 선생님처럼 애향심 있는 분도 드물 것이라고 말씀드렸다. 내 말에 선생은 답했다.

"제주는 특별해요. 그럴 수밖에 없어요. 눈물 나는 고향이지요."

제주는 그렇다. 눈물 나는 고향이다. 왜 그런지 궁금한 사람은 제주도에 들러 '다크 투어(제주 4·3 사건과 관련된 여행지를 돌아보는 것)'를 신청해보라.

"몇 년 전에 LA에 갔는데 거기 사우나에 들렀어요. 동양 여자가 들어오는데 날 보더니 '어머, 고두심 선생님!' 하며 손을 잡는 거예요. 그냥 팬인가 보다 했는데 '저 두심 장학금 받았수다.' 해요. 어찌나 반갑던지. 거기서

빨가벗고 수다를 떨었지 뭐예요."

아, 유쾌한 히로인 고두심. 그의 이름을 딴 '두심 장학금'은 제주여고의 예체능 특기생들에게 돌아간다. 2020년, 선생은 대한민국 은관 문화훈장을 받았다. 받을 만하다. 고두심 선생은 멋진 사람이다. 훈장을 받아서가 아니다. 두심 장학금을 받은 청소년들이 훌륭한 예술인, 체육인으로 성장해 전 세계에서 활약하고 있기 때문이다. 내 도움으로 공부한 새싹이 자라 가지가 돋고 큰 나무가 된다니……. 그 모습을 지켜보는 것만큼 흐뭇한 일이 또 있을까?

+

**어떤 경지에 이르면
타인에게 손길을 내밀 때 행복을 발견하게 된다.**

청소년 바둑 기사가 알려준 것

바둑 전문 채널에서 흥미로운 이벤트를 한다. 〈조훈현·이창호 VS 청소년 국가대표 대결〉이다. 오늘은 이창호 9단과 이연 초단이 바둑을 둔단다. 이연은 2004년생으로 2021년 기준 만 17세다. 특이하게도 청소년들은 팔뚝에 심박계를 차고 시합한다. 실시간으로 청소년 기사의 심박수가 화면에 나타난다. (이거 일종의 아동학대 아닌가?)

이창호가 누구인가? 세계 바둑 랭킹 사이트인 'Go Ratings'에 따르면 그는 1991년부터 2006년까지 세계 랭

킹 1위를 고수한 인물이다. 전무후무하다. 그야말로 바둑의 전설, 바둑 별에서 온 외계인이다. '돌부처'라는 별명처럼 그는 어떤 상황에서도 표정 변화가 없다. 흔들리지 않고 한 수 한 수 두어나간다.

경기 초 이연의 심박수는 75 전후로 시작했다. 재밌는 것은 초반에 이연이 잘 두어나갈 때 심박수가 90 가까이 치솟았다는 거다. 왜 아니겠나? '이러다 내가 이창호를 이기는 거 아냐?' 이런 생각은 심장을 뛰게 만들 수밖에 없다. '이러다 내가 올해 최고 실적을 내는 거 아냐?' '이러다 내 책이 베스트셀러 되는 거 아냐?' '이러다 로또 맞는 거 아냐?' 이럴 때 우리는 아드레날린 수치가 오르고 설레는 동시에 냉정을 잃는다.

한순간 이창호가 판세를 리드하면서 이연이 불리해졌다. 잠시 요동치던 그의 심박은 서서히 느려졌다. 상황이 불리해지자 오히려 이연의 심박수는 70까지 떨어졌다. 마음을 비우니 안정이 찾아온 거다. '그럼 그렇지. 내가 이창호를 어떻게 이겨.' 심박수가 안정되자 이연은 침착하게 바둑을 두어나갔고 승률이 올라갔다. 이기겠다는 생각을 버리자 이기는 수가 보인 것이다.

　비록 거인을 이길 수 없더라도 거인과 맞서 싸운 경험 자체가 소중하다. 우리 앞의 이창호는 무엇일까? 내게 갑질을 한 바이어? 날 버리고 떠난 연인? 괴롭게 일 시키는 상사? 알고 보면 별거 아니고 지나고 보면 아무것도 아니다.

　청소년 기사 이연이 내게 말하는 것 같다. 그 무엇도 당신의 심박수를 들었다 났다 하지 못하게 할 것. 좋은 것이든, 나쁜 것이든.

'별다행'의 순간

인간은 기본적인 의식주가 해결되어야 행복하다. 추위를 막고 더위를 가릴 깨끗한 옷을 입어야 하며, 영양실조에 걸리지 않을 만큼 먹어야 하고 적당한 공간에서 휴식을 취해야 한다. 또 세탁하면서 갈아입을 여분의 의복이 있어야 하고 영양 섭취를 골고루 할 수 있는 음식이 있어야 한다. 되도록 쾌적한 장소에서 수면을 취해야 하며 수치심이 들지 않고 사적인 생활을 영위할 수 있는 공간이 있어야 한다. 의식주 세 가지 중 하나라도 충족되지 않으면 행복은 요원하다.

이 모든 것을 포기한 이들이 노숙인이다. 그들은 왜 노숙을 할까? 오래 노숙인을 돌봐온 사회복지사 테레사 님에 의하면 그들은 대체로 커다란 정신적 상처를 안고 있다. 뇌의 한 부분이 회복 불가능할 정도로 손상되어 정상적인 생활을 버리고 차가운 서울역 바닥에 몸을 누인다. 그 뇌의 한 부분이 담당하는 기능은 자존감인데, 노숙인들은 대체로 누군가에게 제대로 돌봄받지 못한 채 살아왔기에 자신조차 돌보지 않는다고 한다.

테레사 님은 수년 동안 노숙인 센터에서 그들을 씻기고 먹이고 재웠다. 최장 3년 동안 센터에서 생활한 뒤, 노숙인들은 기초수급자로 살아간다. 테레사 님이 바라는 것은 그들이 다시 언 땅에 머리를 누이지 않는 것이다.

언젠가 그는 노숙인을 위한 소풍을 기획했다. 10여 명의 '선생님들(그는 노숙인들을 그렇게 불렀다)'을 모시고 서울미술관에서 열리는 전시회에 갔다. 근처 식당을 예약해서 넓은 방에 선생님들을 위한 점심 식사를 준비하게 했다.

그날 노숙인들은 샤워를 하고 깨끗한 옷으로 갈아입

은 뒤 센터를 나섰다. 전시회의 입장료는 만 원이었는데, 테레사 님은 그들에게 "여기 입장료는 백만 원"이라고 말했다. 대부분 농담으로 알고 넘겼지만 단 한 사람, 미영 씨는 깜짝 놀라며 말했다.

"와, 비싼 거네요. 찬찬히 잘 봐야겠다."

선생님들은 의외로 진지하게 그림을 감상했다. 도슨트 한 사람이 설명을 재미있게 해줘 종종 미소가 번졌다. 2시간 동안 전시회를 둘러본 이들은 점심을 먹으러 갔다. 식대도 1인당 만 원이었다. 한식집의 음식은 정갈했고 서비스는 훌륭했으며 종업원의 응대는 정중했다. 테레사 님은 또 "오늘 밥값은 한 사람당 백만 원"이라고 말했다. 다들 웃었다. 미영 씨만 놀라며 대꾸했다.

"정말요? 그럼 남기지 말고 먹어야겠다."

식사가 끝날 무렵, 미영 씨가 갑자기 울음을 터뜨렸다. 테레사 님이 물었다.

"미영 선생님, 왜 그래요? 밥이 너무 맛있어요?"

"아니요……. 이런 대접을 받아본 적이 없어서요."

테레사 님은 가만히 미영 씨를 안아줬다. 그의 눈도 젖어왔다.

"선생님, 우리가 그러니까 5백 년 전에 임금님이 했던 식사를 하는 거죠? 그렇죠?"

"그래요. 임금님이 했던 식사 맞아요."

"오늘은 우리가 왕이네요."

별것도 아닌 게 다 행복해지는 순간이다. 인생의 어느 한순간도 제대로 된 대접을 받아본 적 없는 노숙인 미영 선생님은 만 원짜리 전시회를 보고, 만 원짜리 점심 식사 접대를 받고는 왕의 하루를 누렸다. 느닷없는 신분 상승에 감격했던 그는 참았던 눈물을 터뜨렸다. 미영 씨는 울면서 오래 제 기능을 잊고 있었던 행복 담당 전두엽을 반짝 빛냈을 것이리라. 테레사 님이야 말해 무엇하랴.

\+

미영 님도, 테레사 님도
별것도 아닌 게 다 행복한,
'별다행'의 순간을 오래 누리시기를.

무인도, 진정 행복한 섬

"당신 삶의 철학과 정신은 많은 사람에게 귀감이 되었다. 당신은 내 삶을 바꿔놨다."

　내가 죽고 나서 누군가 내게 이런 말을 남긴다면, 내 인생은 성공한 것일까? 성공과 실패가 무슨 의미랴. 사후에 이런 평가를 받을 수나 있을까? 여기 이런 말을 셀 수도 없이 들은 전설적인 인물이 있다.

"당신은 나의 전설이었다."

"환상적인 댄서이자 최고의 선생님이었다."

"대만 사람보다 더 대만어를 잘하는 살사 선생이라니!"

"우리를 한계까지 끌고 갔고 끝까지 믿어주었다."

이런 찬사는 얼마든지 더 있다.

"그는 내게 큰형이었고 멘토였다."

"그는 영감 그 자체였다. 지금까지도 그에게서 영감을 받으며 산다."

"그는 유머 넘치고 너그러운 사람이었다."

"14년 동안 당신에게 배운 것에 감사한다."

그에 대해 사람들이 가장 많이 남긴 말은 '사랑한다'다. 대만, 영국, 미국, 일본, 프랑스 등 외국 댄서들이 한 사람에게 한 말이다. 그는 고인이 된 황성욱(1972~2020)이다. '무인도'라는 예명을 썼던 그는 영어권 사람에게는 Dancing Island, 스페인어권 사람들에게는 Sol 혹은 Sol da Corea라고 불렸다.

무인도는 살사 댄스계의 전설이었다. 황홀하게 춤추었고 자유로이 살았다. 2020년 내내 쿠바에 머물던 그는 여름이 끝날 무렵, 한국에 돌아와 자가 격리하던 중 폐렴에 걸려 아까운 생을 마감했다. 그의 급서 소식에 살사 댄서들은 망연자실했다. 누가 먼저랄 것 없이 추도 영상을 올렸고 SNS에 그의 소식을 공유했다. 누가 시키지도 않았는데 그의 사진집을 발간하고 추모 공연을 했다.

기원전 7세기경, 소아시아를 지배하던 크로이소스는 부와 권력의 정점에 달해 부러울 것이 없었다. 아테네의 현인 솔론을 불러 억만금의 재산을 보여주고는 이 세상에서 누가 제일 행복하냐고 물었다. "당신이야말로 세상에서 가장 행복한 사람"이라는 대답을 원했지만 솔론은 엉뚱한 말을 했다.

"영예롭게 죽고, 죽고 나서도 존경받는 아테네 시민 텔로스가 가장 행복하다."

솔론의 말이 옳다면, 무인도 황성욱은 행복한 사람이

다. 그는 살면서 한국 최고의 살사 댄서이자 교사로 인정받았고, 죽어서는 세계 각국의 댄서에게 존경받았다. 그를 추모하며 눈물을 보인 이가 한둘이 아니다. 무엇보다 그는 춤추며 행복했다. 억만금을 준다 해도 바꿀 수 없는 춤. 이를 어떤 명예나 권력도 대신할 수 없다는 사실을 무인도는 알았다.

나 역시 조금은 그의 심정을 이해한다. 한때 나도 살사 댄스가 너무 좋아서 춤으로 먹고살 방법을 모색했었다. 살사 축제를 개최했으나 수천만 원의 손해를 봤다. 살사 바를 운영하려 했으나 가족이 반대했다. 살사 댄서가 되려 했으나 몸이 둔해 안무를 익힐 재간이 없었다.

한국이든 외국이든 댄서는 배고프다. 일단 수입이 일정치 않다. 이들은 굶주림을 벗하며 산다. 상위 1퍼센트가 아니면 늘 배고프다. 예체능 전공자가 대체로 그렇듯 늘 주리며 살아도, 이들은 예술의 신 아폴로가 주는 희락을 떨치지 못한 채 충만한 행복감 속에 살아간다. 사랑도 명예도 돈도 예술이 가져다주는 엑스터시를 대신 못한다.

또 댄서는 마음대로 먹질 못한다(결정적으로 이 사실

때문에 나는 춤꾼의 꿈을 접었다). 뚱뚱하면서 유연한 이도 있을 수 있으나 프로 댄서라면 엄격한 다이어트와 자기관리가 필수다. 뱃살 나온 춤 선생은 게을러보이니까. 생각해보면 살찐 요가 강사, 비만인 필라테스 교사, 과체중인 발레리나도 없다. 무인도 역시 날렵한 몸매를 유지하기 위해 늘 애썼다.

그는 춤을 대할 땐 누구보다 엄격했으나 인간을 대할 땐 누구보다 관대했다. 자기관리가 철저한 댄서이자 좋은 후배, 친구였다. 언젠가 살사 축제를 위해 후배들이 그에게 안무를 맡긴 적이 있다. 어느 날 주최 측의 사정으로 오래도록 연습했던 안무를 전면 수정해야 했다. 나는 욕먹을 각오를 하고 그에게 말했다.

"성욱 씨……. 안무를 2분 정도 줄여야 해서 좀 바꿔야 할 것 같아요."

"……."

"시간이 모자란다는데?"

"그러죠, 뭐."

그는 다시 안무를 짰다. 그 누구도 탓하지 않았다. 일단 정해지면 뒤돌아보지 않고 갔다. 훌륭한 리더였다.

삶은 축제다! 짧고도 기나긴 축제
어떤 사람은 일찍 떠나고
어떤 사람은 끝까지 남고
어떤 사람은 웃고 어떤 사람은 울고
어떤 사람은 취하고 어떤 사람은 춤추며
그렇게 하나의 축제가 끝나간다.

황성욱이 남긴 이 글을 보니 가슴이 먹먹해진다. 마치 자신의 미래를 예견하듯이, 그는 인생을 꿰뚫는 아포리즘을 툭 던져놓고 떠났다. 조금 더 있으면서 오래오래 춤추다 가지, 뭐가 급해 그리도 일찍 가셨나.

그가 춤출 때면, 마치 원시 아프리카 대륙에서 노니는 호모사피엔스 같았다. 들소 사냥에 성공한 무리가 모닥불에 모여 앉아 배불리 먹고 마신 뒤의 느낌이랄까. 신이 난 청년 하나가 일어서서 춤추기 시작하면 한 여성이 덩달아 호응한다. 둘은 하나가 된 듯 몸을 움직이고 나머지 사람들은 빈 나무 밑동을 두드리며 노래한다.

그 순간의 움직임, 신이 난 몸이 신들린 듯이 다하는 동작. 모든 축제와 환희의 시원이 빛났던 찰나. 무인도는 섬이 될 때까지 춤추었고 끝내 춤추는 섬이 되었다. 순수와 자연과 자유. 그게 그의 춤에서 뿜어져 나오는 오라였다.

그러나 섬은 이제 이 세상에 없다. 무인도의 춤을 볼 수 없다. 시니컬한 웃음과 수줍어하는 손짓, 나비 같다가도 벌처럼 돌변하는 루틴을 다시는 볼 수 없다.

그러나 슬퍼도 슬퍼하지 않기로 한다. 사라진 무인도의 재림을 여전히 원하므로, 솔론의 말대로 황성욱은 진정 행복한 사람이니까.

+

**자신에겐 깐깐하지만 타인에겐 한없이 관대한,
온화한 프로페셔널을 사랑한다.**

죽어도 하고 싶은 일

    KBS 아나운서를 하다가 스페인으로 연수를 떠나 그곳의 생활을 책으로 엮어내 베스트셀러 작가가 된 손미나 씨를 만났다. 그는 프리랜서가 된 뒤 세계를 여행하며 허핑턴포스트 한국 지사장, 알랭 드 보통 인생 학교 교장, 손미나컴퍼니 대표를 역임했다. 이외에도 다양한 활동을 한 여행작가다.

    그는 신작 에세이 《어느 날, 마음이 불행하다고 말했다》에 사인해서 내게 건넸다. 살사 이야기가 있길래 어쩌다 춤을 배웠냐고 물었다.

"실은 2018년에 교통사고를 당했는데 그때 이러다 죽을 수도 있겠다는 생각이 들었어요. 병원 침대에 누워 '내일 죽어도 이 일을 할까?'란 질문을 내게 던졌죠. 당시 하고 있던 프로젝트가 있었는데, 그 질문을 던지자 아무것도 아닌 걸로 느껴졌어요."

미나 씨는 바로 진행 중인 프로젝트를 포기했다. 나머지 일도 취소하거나 그만두었다. 그리고 다시 물었다.

"내일 죽는다면 오늘 꼭 하고 싶은 것은?"

머릿속에 떠오른 것은 춤이었다고. 특히 살사 댄스를 배우고 싶었던 그는 당장 살사의 고향 쿠바로 떠날 계획을 세웠다.

"참 신기한 게, 새 계획을 세우고 며칠 뒤에 한 항공사에서 연락이 왔어요. 남미 쪽에 노선이 많았던 항공사였는데 저에게 프로모션을 제안했고 저는 쿠바를 방문할 수 있도록 해달라고 역제안을 했죠. 항공사에서 흔쾌히 받아들여서 바로 떠날 수 있었어요."

참 운이 좋은 사람이다. 쿠바에서 매력적인 살사 선생 베로니카를 만나 춤을 배우고 카리브 해의 청명한 햇빛을 온몸으로 받았다. 올드 아바나 거리에서 흥겹게 춤추는 동영상을 내게 자랑하며 보여주었다. 영상 속의 미나 씨는 행복하게 웃고 있었다. 왜 아니겠나? 인생의 버킷 리스트 1번을 해치웠는데.

버킷 리스트 2번은 자연이 아름답기로 유명한 중앙아메리카의 코스타리카 방문이었다고. 그렇게 돌아다니고도 또 여행하고 싶어 하다니. 여행 욕심이 많은 것 같다고 꼬집어보자 그는 이렇게 말했다.

"여행에 끝이 어디 있어요?"

그래서 코스타리카에도 다녀왔다. 자연도 아름답고 사람들도 좋았단다. 인생을 걸 만큼 간절하지 않은 일에 자신을 몰아세울 수 없었던 여행가는 노마드의 꿈을 실현하며 길 위에서 행복했다. 여행하며 만난 이들을 사랑하고 그들에게 사랑받았다. 여행지의 자연이 훼손되는 것에 진심으로 마음 아파했고 풍요로운 자연 속에서 가난한 이들을 보며 눈물 훔쳤다.

"마음이 행복하지 않다고 말한다면 멈춰야 해요. 알고 보면 우리가 하는 일 대부분이 그다지 중요하지 않더라고요. '내일 죽어도 이거 할래?'라고 속으로 물어보세요. 뭐가 중요하겠어요. 오히려 해보고 싶지만 늘 미뤄왔던 일을 당장 하는 게 나아요."

미나 씨는 새 책에서 고백한다. 가장 가까이 있으면서도 가장 돌보지 않았던 것이 있었음을. 바로 마음이었다. 세계를 무대로 떠돌아다니던 노마드이자 베스트셀러 작가로서 폼나는 프로젝트를 맡아 진행하던 그였지만, 정작 마음은 울고 있었다. 지쳐 있었다. 누구도 살펴보지 않고 있었다. 누가 소외된 그의 마음을 돌봐야 할까? 그 자신이었다.

열대 지방의 리조트에서 요가 선생님과 대화를 나누던 중 이 사실을 깨닫게 된 미나 씨는 세상 밖으로 가는 여정을 접고 내면으로 향한 길을 따라나섰다. 상처받고 버림받은 자신의 마음을 위로하기 위해서. 지구촌이 좁은 듯 헤매던 여행가는 이제 우주보다 넓은 공간으로 새 모험을 떠난 셈이다.

내게도 '내일 당장 죽어도 하고 싶은 일들'이 있다. 아직 가보지 않은 지구 반대편 파타고니아의 땅을 밟는 것. 홍대 앞에서 생판 모르는 외국인과 만나 3분 만에 친구가 되는 것. 누군가의 생일 파티를 몰래 준비해 그가 놀라는 모습을 보는 것. 그리고 늘 나를 응원해주는 가족, 변함없이 우정을 보여주는 친구와 맛있는 식사를 하는 것…….

오늘 저녁, 누구와 식사를 하겠는가? 당신에게, 그리고 나에게 가장 중요한 일이다.

놀면 뭐하니?

편성준 님은 프리랜서 카피라이터다. 20년 넘게 광고 회사에 다니다 출판 기획을 하는 윤혜자 님을 만나 결혼했다. 혜자 님도 프리랜서다.

나는 초혼, 아내는 재혼이었다. 아이는 없고 고양이 순자와 산다. 작은 한옥을 사서 고친 뒤 '성북동 소행성小幸星'이란 문패를 달았다.*

* 편성준, 《부부가 둘 다 놀고 있습니다》, 몽스북, 7쪽

성준 님이 그의 첫 책 《부부가 둘 다 놀고 있습니다》에서 소개한 내용이다. 두 사람은 내내 놀기만 할까? 아니다. 직장에 다니지 않을 뿐 둘은 끊임없이 뭔가를 한다. 전국의 스마트팜을 돌아다니며 인터뷰를 해서 책으로 만드는 프로젝트를 진행했다. 한 달에 한 번 한국 소설을 읽는 모임 '독하다 토요일'을 운영하고 있고, 토요일마다 맛있는 음식점을 찾아다니는 '토요식충단土曜食忠團(먹을 것에 충성하는 사람들)'을 만들었으며, 칼럼을 쓰고 출판 관련된 일을 한다.

　　무엇보다 이들은 소행성, '행복한 작은 별'이란 뜻을 품은 집을 지었다. 처음에는 서울 시내가 내려다보이는 성북동 산속 단독주택을 리모델링해서 살더니 지금은 도시형 한옥에 산다. 살던 집의 개조 과정을 SNS에 생생하게 올리며 많은 사람의 부러움을 사기도 했다.

　　책에는 두 사람이 어떻게 만났고, 어떻게 결혼했으며 그 이후에 어떻게 알콩달콩 사는지 자세히 적혀 있다. 매년 결혼기념일에 커플 사진을 찍어 남길 정도로 금실이 좋은 이들. 천생연분이다.

언젠가 내가 오전 10시부터 오후 5시까지 온종일 논어 강의를 하는 이벤트를 한 적이 있다. 부부가 이때 함께 왔는데 첫눈에 봐도 성준 님은 호남이자 훈남이었다. 그는 내 강의에 대해 호평하는 글을 정성스레 써서 올렸다. 며칠 뒤, 출판 기획을 하는 혜자 님이 찾아와 내 강의를 책으로 엮어보자는 말을 했고 《논어는 처음이지?》란 책이 나왔다.

책을 만드는 과정에서 알게 된 것은 혜자 님의 성격이 시원시원하고 뒤끝이 없다는 사실이다. 성준 님은 어떨까? 그들의 저서를 봤을 때 건망증이 좀 심한 것 같다. 블랙코미디 영화의 주인공처럼 끊임없이 뭔가를 잊는다. 스마트폰을 택시에 두고 나오는 일은 애교다. 트렁크를 검색대에 두고 공항을 활보하질 않나, 친구의 상가에서 운구를 하기로 해놓고 엉뚱한 장례식장에 가 있질 않나……. 마치 공수래공수거를 일상에서 실천하는 듯한 이 '무소유주의자'는 옆에서 지켜보는 이를 가슴 졸이게 한다. 그런데 뭔가를 잃어버렸다는 무소유주의자의 전화를 받은 아내의 응답은 이런 식이다.

"당신은 얼마나 힘들겠어? 너무 걱정하지 마."

무언가를 끊임없이 하지만 그런데도 한가한 것 같은 그들. 어쩌다 부부는 둘 다 놀게 됐을까? 부부가 둘 다 놀면 행복할까? 이 질문은 '부부가 둘 다 일하면 행복할까?'란 질문과 99퍼센트 등가다. 놀든 일하든 마음이 맞는 두 사람이 함께하면 행복하다고 나는 믿는다.

《주역》에 나오는 말이 있다.

二人同心 其利斷金 이인동심 기리단금
두 사람이 같은 마음이면
그 날카로움이 쇠도 끊을 수 있다.

금은 돈이고, 또 귀한 것이나 마땅히 사랑으로 끊을 수 있다. 이 부부는 값비싼 명품 가방이나 오디오, 외제차 같은 것이 없다. 이들이 가장 좋아하는 것은 친구들을 성북동 소행성으로 불러 술을 마시는 일이다. 아내는 손님을 초대해놓고 요리하는 것을 즐기고 남편은 손님이 가고 난 뒤에 설거지하는 것을 기꺼워한다. 부부는 툇마루에 앉아 텅 빈 마당과 하늘을 바라보는 순간을 가장 사랑한다고 했다. 왜 아니겠나?

성준 님은 꿈에 별똥별을 보고 '별은 아내를 주고 똥은 내가 갖겠다'는 시를 썼다. 세상의 커플이 이런 마음으로 살아간다면 행복하지 않을 수 없으리라.

누군가 그들에게 놀면 뭐하냐고 묻는다면
함께 놀아서 행복하다고 답변할 것이다.

박명수의 불면

"나이가 50인데 행복이 뭔지 모르겠어요. 스트레스도 되게 많고……. 당장 뭔가를 얻게 되면 행복하지만, 그다음에는 더 공허하고……. 50대 중년들, 가장들의 행복이 뭔지 모르겠습니다. 아이 크는 것만 보면 행복한가요?"

누구의 말일까? 개그맨 박명수 씨의 고백이다. 2020년, 한 TV 프로그램에 나와서 한 이야기다. 그는 잠이 안 와 수면제를 먹는데, 아내에게 고통을 호소하면 잠이나 자라고 핀잔을 주고, 아이는 좀 크고 나니 안아주려 해도 피해서 외롭다고 털어놓았다.

　박명수 씨는 혈액암 투병을 했던 작가 허지웅이 아플 때 "암에 걸렸을 땐 맨발로 흙을 밟으면 좋다"는 내용의 문자를 보내며 위로했다. 당시 두 사람은 일면식도 없었다. 동료 개그맨 김철민이 폐암으로 투병하자 그를 위해 게릴라 콘서트를 열어주기도 했다. 명수 씨는 그렇게 마음이 따뜻한 사람이다.

　아름다운 아내와 무용을 전공하는 멋진 딸이 있다. 부인은 의사고 본인은 유명 연예인이니 재산도 엄청나다. 방배동에 건물이 있고 그의 유튜브에 따르면 3년마다 자동차를 원 없이 바꿔 탈 수 있단다. 명예와 돈, 모든 걸 가졌다. 그런 그가 불면증에 시달린다고? 왜? 생텍쥐페리의 《어린 왕자》에는 저 유명한 술꾼 이야기가 있다. 어린 왕자가 술꾼에게 묻는다.

　　"아저씨는 왜 술을 마셔요?"
　　"잊으려고."
　　"뭘요?"

"부끄럽다는 걸 잊으려고."

"뭐가 부끄러운데요?"

"내가 술 마신다는 게."

명수 씨도 비슷하다. 아마도 어린 왕자는 그에게 이렇게 물을 것 같다.

"왜 잠이 안 와요?"

"그들이 알아주지 않으니까."

"누가요?"

"아내와 딸이."

"뭘 알아주지 않는데요?"

"내가 잠이 오지 않는다는 사실을."

불면의 고통을 가볍게 여기는 게 아니다. 그의 아픔을 우스개로 만들려는 것도 아니다. 나 역시 중년의 소외, 가장의 외로움을 절절히 느낀다. 잠이 오지 않아 뒤척이거나 자다가 깨어 괴롭던 날이 하루 이틀이 아니다. 그래서 명수 씨의 호소에 공감하고 그의 불면증을 백번 이해한다.

당장 막아야 할 대출 만기, 아들에게 보낼 돈, 임대 계약이 끝나가는 집, 언제 다시 올지 모르는 협심증……. 내겐 강남에 빌딩도 없다. 알량한 글솜씨 하나로 쓰고 또 쓸 뿐이다. 행복이 뭐냐고? 잊은 지 오래다. 달콤한 잠이 뭐냐고? 언제 마지막으로 푹 잤는지 기억나지 않는다.

　　왜 잠이 오지 않는 걸까? 하루하루 벼랑 끝을 걷는 느낌, 누군가 밀지 않으면 내가 나를 밀 것 같은 기분이다. 무작정 버틸 뿐이다. 가뜩이나 어려운 프리랜서(라고 쓰고 백수라 읽는다) 생활에 올해는 코로나까지 겹쳤다. 그동안 누렸던 일상이 죄다 깨졌다. 생활 리듬이 흔들리니 가장 중요한 루틴인 잠이 불안정해지는 건 당연한 일이다.

　　언젠가 '행복 전도사'라는 이름으로 불렸던 분이 스스로 생을 마감했다. 왜 그랬을까? 사실 우리의 삶은 행복에 방점이 찍혀 있지 않을지도 모른다. 모든 생명이 그렇듯 인간 역시 생존이 목적일 뿐, 행복은 옵션이 아닐까. '행복해야 한다'는 말을 너무 강조할 필요가 없는 것이다. 아무 일도 일어나지 않는 것이 행복일 수 있다. 건강히 일어나고 잘 자는 것이 행복일 때가 있다. 걸을 수 있는 것이, 숨 쉬는 것이 행복일지도 모른다.

그러므로 나는 위에서 언급한 문장을 수정하련다. 우리 삶은 행복에 방점이 찍혀 있지 '않다.' 우리가 산다는 것 자체가 행복이다. 아프고 괴롭고 고통스러운 것 역시 우리 삶이다. 그러므로 아픔과 괴로움과 고통 역시 잘 껴안아야 한다.

새벽에 이 글을 쓰는 중이다. 오늘 일기 예보는 맑음이다. 점심을 먹고 30분 동안 햇살이 따스한 공원으로 산책을 나가련다. 태양을 많이 받아들이면 잠이 잘 온다니까……. 이 땅의 수많은 명수들아, 같이 걸어보자.

+

잠을 푹 자라.
행복의 출발점이다.

아나운서처럼 말한다는 것

아나운서는 우리나라 대학생들에게 선망의 직업이다. 공채 시험 경쟁률이 100대 1을 웃돈다. 지상파 아나운서가 되면 가문의 영광이다. 외모, 지성, 성품을 모두 갖춘 것으로 인정받으며 합격하고 나면 높은 급여와 명예, 안정적인 직장을 한꺼번에 얻게 된다.

한때 나는 방송국 출입 기자로서 각 방송국 관계자들을 활발히 만났는데 이때 희극인실, 드라마 촬영장, 아나운서실 등을 드나들었다. 그 시절부터 지금까지 알게 된 아나운서들은 남녀 불문하고 참 멋진 사람들이다.

2020년 말에 KBS 아나운서 강성곤 선생을 만났다. 그와는 페이스북 친구로 관계를 시작했는데 평소 SNS에 촌철살인의 글을 올리는 분이다. 클래식 라디오 방송의 오랜 청취자인 나는 그가 진행한 라디오 〈정다운 가곡〉의 목소리를 잊을 수가 없다. 딱 떨어지는 절제된 목소리의 소유자다. 더도 덜도 없는 한가위 미성인데, 내 또 다른 페이스북 친구 진민 님은 "묘하게 단정하면서도 멜랑콜리한 목소리"라 평했다.

근무지인 여의도 근처 노포 식당에서 점심을 맛있게 먹었다는 글을 보면서 '언제 한번 같이 식사하고 싶다'는 바람을 가졌다. 생각만 하다 느닷없이 메시지를 보냈는데 고맙게도 날 만나주었다.

강 선생이 날 데려간 곳은 영등포 시장 안의 한 식당이었다. 간판도 제대로 없는 곳이었으나 7천 원짜리 백반은 훌륭했다. 김치찌개에 달걀프라이, 시래기나물, 콩나물, 굴비구이까지 나왔다. 점심을 먹고 나서 맥도널드에서 프렌치프라이에 커피까지 사주셨다. 선생과 사는 이야기, 아나운서 이야기, 책 이야기를 나누었다. 그도 아나운서에 대한 책을 쓴다 했다.

방송에서 듣던 목소리를 직접 접하니 신기했다. 나는 팬심으로 많은 질문을 했다. 공자께서 말씀하시지 않았는가? 묻는 게 예의라고. 즐겁고 감사한 만남이었다. 이후 페이스북에 선생은 이런 글을 올렸다.

미남 작가이자 인문학 강사인 명로진 씨를 만났다. 영등포시장역 3번 출구. 약속 시간은 12시 40분, 5분 먼저 나갔으나 그가 먼저 도착해 있었다. 사려 깊은 사람이다. 나는 90년대 그의 기자 시절 이름을 기억한다. 독특하고 근사하지 않은가. 페이스북이 실제 만남을 성사시켜주었다.

저널리스트 기질이 남아 있어 그런 걸까? 뭘 이것저것 묻는다. "언제 행복하세요?" "글쎄요. 방송 잘 끝맺고 나서?" 거기까지만 했어야 했다. "또 없나요?" "음, 아침에 떨어진 주식이 오후 막판에 올랐을 때?" 실망하는 눈빛이 읽혔다.

얼마나 유머가 넘치는가! 자신에 대해 이렇게 쓸 줄 아는 사람은 멋지다. 나는 이 후기를 읽고 선생을 더 좋아하게 됐다.

MBC 강재형 아나운서는 딱 한 번 봤다. 어느 연말 모임에서였는데, 이 모임에 참가하고 나는 알게 됐다. '비포 강재형'과 '애프터 강재형'이 확연히 다르다는 것을. 강재형 선생이 오기 전에는 화기애애하게 담소를 나누는 모임이었다. 그런데 그가 오고 나자 뜨겁고 신나는 분위기 속에 웃음이 끊이지 않는 자리가 됐다. 정말 대단했다.

난 아나운서가 다른 직업을 가진 사람보다 행복할 가능성이 더 높다고 믿는다. 왜? 인간은 언어의 동물이다. 말 한마디로 사랑에 빠지고 말투 하나로 증오의 대상이 된다. 언어란 인간의 행과 불행을 가르는 열쇠와 같다. '어떻게 말하는가'는 우리 감정을 좌우한다. 감정은 화를 부르기도 하고 평화를 낳기도 한다.

부부 싸움 상황을 가정해보자. 라면 끓이는 문제로 티격태격하는데 이렇게 말한다면 어떨까?

아내 라면 물 혹시 얼마나 넣으셨나요?

남편 싱거울 것 같아 물을 정량보다 덜 넣었습니다.

아내 요즘 다이어트 중이라 염분 섭취 조절 중인데 국물은 마시지 말아야겠네요.

남편 그러는 게 건강에 좋지요.

아내 다음부터는 제가 염분에 신경 쓴다는 사실을 생각해주시면 좋겠어요.

남편 네, 유념할게요.

어색하고 과장된 예시처럼 보일 수 있겠지만, 아나운서처럼 이렇게 대화하다 보면 큰 싸움으로 번질 확률이 낮아지지 않을까? 아나운서란 올바르고 긍정적인 언어를 통해 정보와 지식을 전하는 사람이다. 가장 가까운 사람에게 말할 때조차 아나운서처럼 격식을 차린 언어를 사용한다면 화기애애한 분위기가 생기지 않을 수 없다. 물론 아나운서가 된다고 다 행복한 건 아니지만.

과장하지 않고 자연스럽게,
본인만의 격식과 톤을 갖추어 말하면 된다.

아나운서도 절망한다

    SBS 이현경 아나운서의 첫인상은 '참하다.' 하지만 이 '참하다'란 어휘는 약간 위험하다. 부잣집 맏며느리, 구세대에 대한 호응, 소극적 착함 같은 이미지가 떠오르기 때문이다. 내가 이런 인상을 받은 이유는 단 하나. 모임 자리에서 그가 말을 아끼고 경청했기 때문이다. (게다가 사람들이 화장실에 간 사이, 식사 비용까지 계산해버렸다. 이러니 '참하다'는 생각이 안 들 수 있나.)

    그는 2020년 가을에 두 권의 에세이집을 냈다. 그가 매일 새벽 2시부터 4시까지 진행하는 SBS 러브FM 방송 〈이현경의 뮤직토피아〉에서 청취자들과 나눈 이야기로 한 권, 아나운서이자 직장인 여성으로서 겪는 일상사로 또 한 권을 묶어냈다.

나는 그의 일상사를 다룬 책《아무것도 아닌 기분》을 읽다가 깜짝 놀랐다. 그는 자신을 '만년 2진 아나운서'라 부르며 셀프 디스를 하고 있었다.

어느 날 회사에 흉흉한 소문이 돌기 시작했다. 투자비용이 많이 드는 신입 사원을 뽑는 대신 몇몇을 타 부서에서 전직시키는 게 어떠냐는 가히 혁신적인(?) 아이디어가 나왔단다. 소문은 현실이 됐고, 아나운서 팀에서는 겉돌고 있는 내가 그 대상이 됐다.[*]

현경 씨는 팀에서 존재감 없는 사람이었다. 그는 인사 이동 발표 전날, 사장실에 달려가 왜 자신이 아나운서

[*]   이현경,《아무것도 아닌 기분》, 니들북, 20쪽

팀에 남아야 하는지 설명했다. 당시 그는 결혼 10년 만에 어렵게 아이를 가져 임신 초기의 노심초사를 겪고 있었다. 급작스럽게 새로운 일을 맡아 모험을 할 처지가 아니었다. 설명을 들은 사장님은 고맙게도 이 아나운서의 부서 이동을 취소시켰다.

그런데 그 일로 신경을 너무 썼는지, 임신 10주째 그만 유산하고 말았다. 그는 오래 기다린 아이의 심장 소리도 듣지 못하고 떠나보낸 게 서러워 엉엉 울었다. 몸도 마음도 너덜너덜해진 상태였던 그에게 또 이상한 얘기가 들려왔다.

내가 전직이 싫어 임신한 척을 하다가 나중에는 유산했다고 거짓말을 했다는 것이다. 유산 휴가를 쓰기 위해 엄연히 회사에 증빙서류까지 제출했음에도 나는 누군가의 술자리에서 영악한 악역이자, 맛난 안줏거리가 되어버렸다. 쏟아지는 관심은 부담스럽고, 나를 위한 조언조차 아프고 힘겨웠던 시기에 잘 모르는 사람들의 이러쿵저러쿵하는

말들은 화살이 되어 심장에 꽂혔다.[**]

세상 고상한 아나운서들도 뒷담화를 하는구나! 그것
도 아주 세게. 현경 씨 자신의 표현에 의하면 그는 '만년
2진'으로 잘나가는 아나운서도 아닌데, 상사의 말에 따르
면 뚜렷한 특징이나 눈에 띄는 점이 없는 방송인인데 왜
그렇게들 씹었을까? 안주가 부실했던가?

집단에서 '무쓸모'의 존재가 된 아나운서는 의연하게
버티기로 했다. 다행히 4년 뒤 아이도 낳았고 원하던 DJ
도 맡았다. 스스로 '탁월하지 못하더라도 꾸준히 가는 느
림보'라고 칭한 그는 조금씩 행복을 찾아가고 있다.

"요즘에는 뭐든 글로 쓰고 싶어요. 새벽에 나만의 시
간을 가지면서 한 쪽 정도 글을 쓰면 그렇게 좋을 수가 없
어요."

생애 첫 번째, 두 번째 책을 두 달 사이에 연달아 내고

[**]   앞의 책, 23쪽

나서 그는 글 쓰는 재미에 푹 빠져 있다. 끊임없이 글로 쓸 소재가 떠오르고 어느새 그걸 쓰고 있는 자신을 발견한단다. 현경 씨는 드디어 이 마법의 세계에 입문한 거다. 나는 히트작 없는 가수처럼, 홈런 못 치는 야구선수처럼 잔뜩 폼을 잡고 말했다.

"이 세계 만만치 않아요. 이쯤에서 포기하시우. 한 번 맛보면 영원히 헤어나지 못해요. 방송, 해봤으니 알겠지요? 얼마나 중독성 있는지. 글쓰기도 마찬가지예요. 책까지 냈으니 이제 제대로 걸린 건데…… 웬만하면 그만하는 게 신상에도 좋을걸요."

집에 돌아와 그의 책을 읽었다. 내 생각이 맞았다. 현경 씨는 첫인상처럼 글을 참하게 썼다. '생김새 따위가 나무랄 데 없이 말쑥하고 곱다.' 참하다의 사전적 의미다.

그는 밖에서 상처받은 것을 글을 쓰며 치유했다. 글쓰기는 참 신기해서, 정신적 내상에 소염진통 작용을 한다. 그러나 앞으로도 나는 그에게 집필 포기를 종용할 거다. 아무래도 그의 책은 미래의 내 책과 경쟁할 것 같으니까. 하루빨리 현경 씨가 글쓰기의 행복 같은 건 잊기를.

왜 행복 다음에
불행이 올까?

　나는 15년 동안 천여 명을 상대로 40기수의 글쓰기 강의를 이끌어왔다. 기수마다 1박 2일 또는 2박 3일의 엠티를 떠난다. 내 성격은 촘촘한 일정을 소화하는 것과 맞지 않아, 엠티를 가면 대개 수강생들의 의견에 따르며 풀어진 채 지낸다.

　어느 해에는 자신이 가장 잘나가던 시절에 대해 이야기해보자는 제안을 했다. 첫 번째 화자인 40대 중반의 남성은 고등학교 때를 이야기했다. 그 당시 학교에서 성적도 우수했고, 인정받으며 지냈고, 식구 모두 건강했으니

'리즈 시절'이었다고.

"고등학교 2학년이었던 가을에 가족과 함께 여행을 가기로 했습니다. 사실 우리 집은 그다지 잘살지 못했어요. 아버지가 미장 일을 하셨고 어머니는 일이 있을 때마다 식당에 다니셨거든요. 취직한 누나가 비용을 대겠다며 제주도로 여행을 가기로 해서, 나와 동생까지 모두 들떠 있었죠. 그런데 아버지가 그때 일이 있다고 못 가시겠다는 겁니다. 일정을 바꾸면 된다고 했는데도 언제 일이 들어올지 모르니 안 된다고 하시는 거예요. 결국 아버지 빼고 네 식구만 제주도를 다녀왔어요. 그때는 정말 이해가 안 됐어요. 지금 생각해보니 아빠는 일을 하지 못할까봐……."

여기까지 이야기하고 그는 눈물을 보였다. 가장이 된 뒤 비로소 그때의 아빠를, 무거운 짐을 지고 하루하루 살아야 하는 중년 남자의 모습을 본 것이다. '일용직으로 사는 처지에 제주도 여행이라니.' 아마도 그의 아버지는 이렇게 생각했을지도 모른다. 지금 자신의 얼굴에 그때 아버지의 모습이 투영되었다. 그의 눈물은 그러므로 옳다.

두 번째, 세 번째 화자도 결국 이야기하다 눈시울을 적셨다. 왜 가장 잘나가던 시절을 이야기하면서 그들은 눈물을 보였을까?

어느 시골 마을에 건실한 청년이 살고 있었다. 그는 작지만 튼튼한 집을 짓고 곡식도 창고에 쌓아놓았다. 부지런히 농사를 지으며 가축을 길렀다. 그는 이제 아내만 얻으면 더 바랄 게 없었다.

어느 날, 문을 두드리는 소리가 났다. 열어보니 매파가 아름다운 아가씨를 데리고 왔다. 몸도 마음도 건강하고 성품도 고운 여인이었다. 여인의 이름은 '행운'이었다. 청년은 그가 마음에 들어 결혼을 하고 싶어 했다. 그런데 할멈이 이런 이야기를 했다.

"자네가 행운이와 결혼을 하려면 그의 동생과 같이 살아야 하네. 행운이는 절대 동생과 헤어질 수 없거든."

"그 동생은 어디 있는데요?"

"여기."

뒤에 숨어 있던 또 다른 여인이 나타났다. 머리는 헝클어지고 못생긴 데다 몸에서 냄새가 났다. 동생의 이름은 '불행'이었다.

그리스 신화에 행운의 여신은 홀로 다니지 않고 늘 자매인 불행의 여신과 함께 다닌다는 이야기가 있다. 행복이 절정에 다다르는 시기는 늘 가장 아픈 기억과 함께한다. 결혼식장에서 신부가 눈물을 보이고 시상식장에서 배우들이 눈시울을 적시는 이유다.

내게도 배우로서 '리즈 시절'이 있었다. 2003년, 모 방송사 연기대상 남우조연상 후보에 올랐다. 대기실에서 기다리고 있는데 갑자기 카메라가 들이닥쳤다. 리포터가 마이크를 내밀며 후보에 오른 소감이 어떠냐고 물었을 때, 나는 무명 시절 내 양복을 다려주던 어머니의 모습이 떠올랐다. 담담한 척 대답을 마쳤지만, 취재 팀이 다른 배우에게 향했을 때 나는 괜히 눈물이 났다. 불행의 시절을 그제야 보상받았기 때문일까? 내 행복이 누군가의 희생으로 이루어졌음을 깨달았기 때문일까? 어쩌면 지금의 행복 뒤에 이어질 불행을 예감했을지도 모르겠다.

마키아벨리는 "운명의 여신은 변덕스럽다"고 했다. 자신을 못 믿겠다면 운명의 여신이 부리는 변덕을 믿어 보자. 오늘 행복하다면 내일은 불행하고, 오늘 불행하다면 내일은 행복하게 된다.

+

행복을 찾아 떠난 항해에서
때로 나 아닌 것에게 방향타를 맡기는 것도
하나의 방법이다.

종교에 미치면 생기는 일

1992년, 한국에 미친 사람들이 있었다. (써놓고 보니 모순. 미친 사람들은 늘 있다.) 세상에 종말이 임박했고, 종말 직전에 예수가 재림해서 선택된 자들만 하늘로 올라가는, '휴거'가 일어난다는 믿음으로 뭉친 사람들이 있었다. 그들이 주장한 휴거 날짜는 1992년 10월 28일 자정.

이것을 믿는 광신도들이 전국 250개 교회에 도사리고 있었고, 그 수만 10만 명에 달했다. 이 중심에는 이장림 목사가 있었다. '다가올 미래'를 줄여 '다미' 선교회를 만든 이 목사는 노스트라다무스의 종말론에 의거해서 자의적으로 1992년 10월 28일을 휴거일로 지정했다.

이 목사의 반복적인 설교를 들은 사람들은 휴거가 일어나는 꿈을 꾸었고, 그 수가 늘어나면서 이 목사는 이것이 휴거의 증거라고 다시 주장했다. 다람쥐 쳇바퀴였고 설교의 돌려 막기였다. 그는 신도들에게 휴거의 순간 성산동 다미 선교회에 모여 있어야 하며 소지품은 무엇인지, 옷을 어떻게 입어야 하는지 알려주었다.

당시 나는 일간지 사회부 기자로서 이 사건을 취재하고 있었다. 휴거 한 달여 전, 이 목사가 구속됐다. 죄목은 사기. 그는 신도들의 돈을 개인 계좌로 받았는데, 금액이 무려 35억 원에 달했다. 그중에는 환매조건부채권도 있었는데, 채권의 만기일이 1993년 5월이었다. 한마디로 자신은 휴거를 믿지 않고 있었다는 이야기다.

이 목사가 주장한 휴거일, 나는 성산동 다미 선교회로 향했다. 3천여 명의 신도가 모여들어 통성기도를 하고 있었다.

"주여, 받아주소서."

"오소서 주님. 준비되어 있습니다."

"할렐루야, 할렐루야. 아브라카다브라."

방언을 외치며 눈물을 흘리고, 108배 비슷한 행동을 하며 까무러치고……. 한마디로 난리였다. 어떤 이는 환희에 젖은 모습이었다.

하나만 믿는 이들은 대체로 행복하다. 하지만 그게 진짜일까? 이성으로 설명되지 않는 믿음에 미쳐 있는 이들을 보면서 나는 '이러다 정말 휴거가 일어나는 거 아니야?' 하는 생각이 0.00001퍼센트쯤 들었다. 자정이 됐고 다행히 아무 일도 일어나지 않았다. 그 시각, 교도소에 수감된 이 목사는 오후 11시에 일찌감치 잠자리에 들었다고 한다. (나중에 해명하기를 "나는 휴거 대상자가 아니라 7년의 대환란 뒤에 하늘로 올라가게 되어 있다"고 했다고.)

휴거가 허탈하게 끝나자 사람들은 하나둘씩 사라졌다. 사이비 종교에 빠진 아들, 딸의 등짝을 내리치며 욕을 하는 부모도 있었다. 그 부모들 심정이 어땠을까? '너 죽고 나 죽자' 아니었을까?

이 목사는 1년간 징역을 살고 나와, 이름을 바꿔 다시

목회를 시작했다. (누가 이장림의 현재 이름을 알거든 알려
주시길.)

　거짓말을 그럴듯하게 하면 사람들은 속는다. 거짓말
을 확신에 차서 하면 사람들은 믿는다. 확신에 차서, 그럴
듯한 거짓말을 반복하면 신도가 생긴다. 이 신도들은 가
짜 행복에 취해 인생을 허비한다. 마치 마약에 취하듯. 그
건 금방 사라진다. 환경과 사업에만 '지속 가능성'이 필요
한 건 아니다. 우리 삶에도 '지속 가능성'이 있어야 진짜
행복에 가까워진다.
　인간은 나약한 존재다. 그러나 그 나약함 속에 강함
이 있고, 흔들림 속에 굳셈이 있다. 인간이 신의 형상대로
지어졌다면 신은 내 밖이 아니라 안에 있다. 그것을 찾는
일이 믿음의 알파이자 오메가 아닐까?

일찍 성공하면 망한다

송나라 유학자 정이는 소년등과少年登科를 일생의 가
장 큰 불행이라 했다. 소년등과는 어린 시절 과거에 급제
해서 출세하는 것이다. 현대 사회의 소년등과 사례를 찾
자면 연예인으로 유명해지는 게 아닐까. 20세를 전후해
서 돈과 명예를 한꺼번에 거머쥘 수 있기 때문이다. 이렇
게 스타가 되는 사람들은 행복할까, 아니면 정이의 말대
로 불행할까?

2019년, 가수 A씨가 단톡방에 성관계 불법 촬영물을

올려 구속되었다. 피해 여성이 10여 명이었다. 이를 돌려보며 낄낄대던 이들은 또래 연예인이었다. 이즈음 강남의 한 클럽을 운영하는 한류 스타의 탈세 및 성매매 의혹이 불거졌고, 또 다른 아이돌 출신 멤버의 도박 사건이 터지기도 했다.

소년등과는 불행의 원인이 되기도 하고 극단적 선택의 이유가 되기도 한다. 2011년 7월에는 영국의 팝 스타 에이미 와인하우스가 런던의 자택에서 약물 과다 복용으로 사망했다. 그의 나이 겨우 27세였다. 지미 헨드릭스, 제니스 조플린, 브라이언 존스…… 모두 20대에 요절한 뮤지션들이다. 이들의 사인은 헤로인 같은 약물 중독과 관련이 있다. (롤링 스톤스의 멤버 브라이언 존스는 수영장에서 익사한 채로 발견되었으나 이미 수년 동안 마약중독 상태였다.)

14세의 나이에 〈Jump〉라는 노래로 빌보드 차트 1위를 8주 동안 차지했던 '크리스 크로스'라는 듀오가 있다. 크리스 크로스 멤버 중 한 사람인 크리스 켈리는 30대 중반에 애틀랜타 자택에서 코카인과 헤로인 과다 복용으로 사망했다.

스포츠 스타 중에도 젊어서 성공한 뒤 중년에 '폭망' 한 사람이 한둘이 아니다. 주식으로 떼돈을 번 스타 투자 자들 역시 30대에 사기꾼으로 몰려 쇠고랑을 차기도 한 다. 10대 후반이나 20대 때 인기의 절정에 올랐다가, 그 인기가 사라지고 나면 뒷감당을 어떻게 할 것인가? 인생 은 일양일음—陽—陰이다. 한 번 양지가 있으면 한 번 음지 가 있는 법. 내내 낮만 지속되지 않고 언제나 어두운 밤인 것도 아니다. 추락한 이후를 견딜 수 있어야 살아남는다.

남녀를 불문하고, 스타가 되면 돈과 유명세뿐 아니라 사랑도 쉽게 얻는다. 록 스타가 되려는 이유다. 손만 까 닥하면 그들과 잠자리를 같이하려는 남자 혹은 여자들이 줄을 선다. 세상에서 가장 어렵게 얻어야 할 사랑을 이렇 게 쉽게 취하니 이들은 사람조차 쉬워진다. 사랑과 사람 이 쉬워지니 삶이 한없이 가벼워진다.

어떤 쾌락이 그들을 만족시키겠는가? 돈과 인기, 섹 스도 질린 이들은 오르가슴을 가장 쉽게 얻을 수 있는 마 약과 약물에 손을 댄다. 그 빈도와 분량이 늘다가 결국 치 사량에 이른다. 이게 소년등과한 뒤 자기관리에 실패한 스타의 안타까운 말로다.

　인생에서 가장 성공한 시기, 커리어하이가 언제 오는가는 중요하지 않다. 커리어하이를 찍기 전과 후가 더 중요하다. 일찍 성공했다고 행복한 게 아니고 늦게 성공한다고 불행한 것도 아니다. 한결같은 마음으로 하루하루를 온전히 느끼며 살아가는 게 최상이다.

　오늘도 나는 기도한다.

　'소년등과는 안 되었으니 중년등과라도 어떻게 안 되겠습니까?'

'내로남불'의 이중성

얼마 전 지인의 권유로 폴리아모리Polyamory를 추구하는 저자의 책을 읽게 되었다. 재미와 함께 충격을 느꼈다. 폴리아모리는 다자간 사랑을 뜻한다. 한 사람이 아니라 둘 혹은 그 이상을 사랑하며 산다. 이게 가능할까? 생에는 여러 모습이 있으므로 작가인 나는 폴리아모리도 탐구해보기로 했다.

그런데 가만히 생각해보라. 남녀의 사랑을 그린 영화에서 딱 두 사람이 만나 내내 사랑하다 죽는 스토리가 있나? 위대한 러브 스토리는 늘 삼각, 사각, 오각 관계다.

우리는 엄밀히 따지자면 모두 폴리아모리스트 아닌가.

라우라 에스키벨의 《달콤 쌉싸름한 초콜릿》에는 언니의 남편 페드로를 사랑하는 티타가 나온다. 왜 언니의 남편을 사랑했는가? 모범적인 남편이면서 안정적인 가장이 될 수 있는 의사 존을 두고 왜 망나니 같은 페드로를 선택했는가? 왜 페드로는 아내인 로사우라가 아닌 처제에게 집착하는가?

사실 처음부터 페드로와 티타는 사랑하는 사이였다. 하지만 '막내딸은 죽을 때까지 엄마를 돌봐야 한다'는 집안 전통 때문에 티타는 페드로와 맺어지지 못한다. 페드로는 다른 곳에 장가가느니 티타 곁에 있겠다며 사랑도 없이 로사우라와 결혼한다. 마음에도 없는 결혼과 마음이 향하는 사랑 때문에 티타 가문의 비극이 생겨난다.

티타는 페드로를 향한 자신의 마음에 대해 "이 세상엔 말로 다 설명할 수 없는 사랑도 있는 법"이라고 변명한다. 말로 다 설명할 수 있는 사랑이 얼마나 될까? 세상에는 말도 안 되는 사랑이 더 많다. 합법적 결혼의 대부분이 식 올리기 전까지 말도 안 되는 스토리였다.

티타와 페드로 사이에서 로사우라는 고통과 고독 속에 살아간다. 로사우라가 병으로 죽자 티타와 페드로는 단 한 번의 사랑을 나누고 세상을 떠난다. 수십 년 동안 바라던 사랑을 얻는 순간, 생은 끝난다. 그것이 인생인 걸 어쩌겠는가.

이 소설의 리뷰가 포털 사이트에 많이 올라와 있다. 그 리뷰들의 마지막 문장은 대개 이렇다. "아무리 사랑이 아름답다 해도 난 이 불륜 반대일세." 그러시겠지. 자신이 불륜을 저지르는 것과 불륜에 반대하는 것은 다른 문제다. 우리가 반대하건 말건 불륜은 늘 저질러지고 있다.

A는 독신주의 남성을 사랑하지만 남편이 있다. A는 남편과 이혼하고 독신주의자를 사랑하는 게 맞다. 그러나 이혼하지도 않고 독신주의자와 헤어지지도 않은 상태다. 둘 다 사랑하느냐는 물음에 이렇게 답한다.

"나는 단지 사랑받지 않고는 살 수 없을 뿐이에요."

권태기인 남편은 A에게 소홀하다. 하지만 그는 남편

을 떠날 수 없다. 남편이 다시 자신을 사랑할 것이라고 믿기 때문이다. 마음속에 남편에 대한 사랑을 품은 그는 독신주의자의 품에서 안식을 얻는다. 만약 남편이 다시 그를 살뜰하게 챙긴다면 그는 남편에게 돌아갈까?

B는 폴리아모리를 원하지 않는다. 하지만 그가 만나는 여성 C는 폴리아모리를 지향한다. C는 B를 사랑하면서 동시에 다른 남성을 만난다. B에겐 두 가지 선택이 있다. C의 폴리아모리를 받아들이든가 아니면 떠나든가. B는 전자를 선택했다. 하지만 묻지도, 궁금해하지도 않기로 했다. 그가 만나는 대상에 대해, 그의 일정에 대해, 그와 그의 관계에 대해.

처음에 B는 너무 괴로웠다. 부정하고 분노했다. 하지만 시간이 흐르면서 그는 타협과 우울을 거쳐 수용에 이르렀다. 그를 사랑하려면 어쩔 수 없었다. 이제 B는 C를 사랑하면서 그가 사랑하는 또 다른 상대에 대해 묻기도 한다. 그에게 주라면서 홍삼과 유산균을 챙기기도 한다. 어떻게 그럴 수 있을까 싶지만 살다 보면 그런 일도 있다.

문제는 '나의 사랑은 옳고 당신의 사랑은 옳지 않다'는 태도에 있다. '폴리아모리들은 다 짐승'이라는 생각과 자세에 있다. 하지만 어떤 경우, 강아지는 인간보다 옳다. 손등을 할퀴는 고양이가 주먹질하는 사람보다 옳다. 토끼는 데이트 폭력을 행사하는 사람보다 옳다.

세상은 '우리만 옳다'고 주장하는 사람 때문에 더 불행해지고 '우리가 틀릴 수도 있다'고 생각하는 사람 덕분에 덜 불행해진다. 나와 당신 모두 옳다고 주장할 수 있으며, 그 주장을 뒷받침하는 권리가 공고할수록 우리는 행복하다.

+

우리 모두가 옳다고 생각해야 할지
우리 모두가 틀릴 수도 있다고 생각해야 할지는
각자의 몫이겠지만, 균형이 중요하겠다.

사랑 없이
행복할 수 있을까?

30대 중반의 리안 님은 서울의 한 대형 병원에서 전문의로 재직 중이다. 그는 에이섹슈얼Asexual이다. 어떤 이성이나 동성에게 성적인 매력을 느끼지 못한다. 감정적으로도 마찬가지다. 따라서 리안은 에이로맨틱Aromantic이자 에이섹슈얼이라 해야겠다.

리안 님은 매력적인 외모의 전문직 여성이므로 남자들이 좋아할 스타일이다. 나는 실례가 되는 질문은 지적해달라는 전제를 달고 그에게 물었다.

Q. 언제 무성애자인 걸 알았나?

A. 중학교 때 알았다. 남들은 다 남학생이나 여학생을 좋아했는데 나는 누가 그렇게 막 좋아지질 않았다. 그때 내가 분명히 남과 다르다는 걸 느꼈다.

Q. 남자 혹은 여자와 사귀어본 적이 없는가?

A. 있다. 대학교 때 미팅을 나가 만난 남학생과 몇 번 만났다. 그런데 걔를 만나는 것보다 혼자 영화를 보거나 책을 읽는 게 더 좋았다. 서른 살 무렵 소개를 받아 3명 정도 더 만났다. 역시 데이트가 그다지 즐겁지 않았다. 그 이후에 남자 만나는 일을 끊었다.

Q. 혹시 아직 짝을 만나지 않아서 그런 것 아닌가?

A. 그런 질문이 바로 나 같은 사람을 힘 빠지게 한다. 만약 골프를 전혀 좋아하지 않는 사람에게 "아직 제대로 된 골프장에 못 가봐서 그렇다"고 한다면 어떨까? 그 사람은 아예 골프에 관심도 없고 좋아하지도 않는데. 골프를 할 의욕 자체가 없는 사람한테 자꾸 골프채를 사다 주고 쳐보라고 하면 그것만큼 귀찮은 일이 있을까?

Q. 그 정도일 줄은 몰랐다. 하여간 이성에게 관심이 없다
는 거 아닌가?

A. 동성에게도 관심이 없다. 당연히 친구는 있다. 만나서 영
화도 보고 술도 마신다. 하지만 사귀는 건 원치 않는다.

Q. 그럼 무슨 재미로 사는가?

A. 사귀는 것 말고도 세상에는 재밌는 게 많다. 영화 감상
이나 독서 말고도 보드 타는 걸 좋아한다. 여름에는 웨
이크보드를, 겨울에는 스노보드를 탄다. 그리고 집에서
는 새우를 기른다.

Q. 고양이는?

A. 고양이나 강아지는 좋아하지 않는다. 과도한 애정이
필요한 것 같아서……

Q. 부모님이 뭐라 하지 않나?

A. 부모님은 그냥 내가 남자에 관심이 없는 줄 아신다. 요
즘 결혼 안 하는 사람이 많으니까. 엄마도 능력 있으면
혼자 살라고 하신다.

Q. 부모님께 말씀드리는 게 좋지 않을까?

A. 조만간 말씀드릴 거다. 아빠가 굉장히 보수적이라 좀
놀라실 것 같다. 엄마는 날 응원해주겠지만.

Q. 주변에서도 리안 님의 지향성에 대해 모를 것 같다. 무
성애자라고 사람들이 싫어하는 건 아니지 않나?

A. 그냥 내가 귀찮다. 성적으로 남자한테 끌리지 않는다
거나 연애에 관심 없다고 하면 너무 많은 걸 질문한다.
패턴도 늘 똑같다. 왜 그렇게 모두 중매를 못 서서 안
달인지 모르겠다. 그냥 놔뒀으면 좋겠다.

Q. 사랑 없이 행복할 수 있다고 보는가?

A. 사랑이 행복의 전제 조건은 아니다. 그건 일종의 환상
이다. 사랑이 얼마나 지속된다고 생각하나? 지고지순
하며 지속 가능한 사랑은 영화나 소설 속에나 있다고
생각한다. 세상에서 가장 순수한 사랑에 대해 썼던 작
가도 외도를 한다. 이상과 현실은 다르다. 남녀 혹은 동
성 간의 사랑이 없어도 얼마든지 행복할 수 있다.

Q. 자신이 행복하다고 생각하나?

A. 물론이다. 애인이나 남편, 자식을 위해 뭔가를 희생할
필요가 없다. 내 인생은 온전히 내 것이다. 내가 버는
돈도 모두 나를 위해 쓴다. 취미 생활도 마음껏 하고
여행도 실컷 다닌다. 어떻게 행복하지 않겠나?

리안 님은 '스불행(스스로 불러온 행복)'이 뭔지 잘 아
는 사람이다. 그런데 유추해보자. 사랑 없이도 행복하다
는 게 가능한가? 개인적으로 사랑 없는 행복은 공허하다
는 데 한 표 던진다. 그러나 선거에서 기권도 의사 표시의
한 수단인 것처럼 자기애도 사랑의 정체성 중 하나가 아
닐까?

+

**분명한 것은 자기애만큼 가지기 쉬우면서
지키기 어려운 사랑도 드물다.**

당신만의 행복 조율사를 만나라

한 중소기업 팀장인 벨라 님은 자신을 '흙수저'라 규정한다. 아빠는 일찍 돌아가셨고 엄마는 장애 판정을 받았다. 5형제의 중간이지만 가장 노릇을 해왔다. 언니의 빚보증을 섰다가 10년을 고생했고, 두 동생을 늘 챙긴다. 지금은 1억 원에 가까운 연봉을 받지만 가족에게 빠져나가는 돈이 꽤 된다.

그의 부모는 자식을 대학에 보낼 형편이 아니었다. 따라서 벨라 님은 상업고등학교를 졸업하고 회사에 취직해서 몇 년을 다니다 야간대학에 들어갔다. 학사를 따고 회사에 다니다, 또 몇 년 뒤 대학원에 입학해 석사를 땄다. 대학원 학자금 융자는 아직도 갚고 있다. 열아홉 살 때부터 회사 일을 죽어라 하면서……. 여기서 잘리면 끝이라는 심정이었다.

도와줄 친척 한 사람 없었고 집에 모아놓은 돈도 없었다. 실력, 성실, 열정만으로 20대와 30대를 보냈다. 9시 출근에 10시 퇴근, 주 6일 근무가 기본이었다. 지금도 벼랑 끝을 걷는 기분으로 산다고 했다. 회사에서 인정받고 혼자 살기에 충분한 월급도 받지만, 한순간도 방심하지 못한다. 행복? 그는 그게 뭔지 잘 모르겠단다.

"마흔이 되도록 노는 것을 몰랐어요. 그러다 간 해외여행에서 처음 다이빙이란 걸 했는데 별천지였지요."

자전거를 처음 배웠는데 그렇게 재미있었단다. 중년을 위한 나이트클럽에 간 것도 그 무렵이었다. 세상에는 재밌게 놀면서 사는 사람이 참 많았다. 지금은 다이빙 자격증도 따고 취미도 생겼다. 그러나 그의 마음 한구석에는 언니 빚을 갚아나가던 스무 살 철부지가 여전히 겁먹은 얼굴로 떨고 있었다.

한번은 그의 언니가 사채를 썼다가 갚을 능력이 안 되자, 추심 업체 직원들이 직장에 갓 입사한 벨라 님을 허름한 사무실로 끌고 갔다. 물리적 폭력은 없었으나 분위기는 험악했다.

"아가씨가 언니 돈 못 갚으면 부모님도 힘들어진다."
"회사는 다녀야지, 그치?"
"우리가 그래도 착한 사람이라 이 정도야."

하나도 착해보이지 않는 어깨들 틈에서 그는 울면서 빌었다.

"제가 매달 조금씩 갚을게요. 우리 엄마 아빠는 살려주세요."

그는 월급의 반을 빚쟁이들 앞으로 다달이 송금한다는 문서에 도장을 찍고 풀려났다. 아마도 그의 '행복 리트

머스 시험지'는 그때 다 불타버렸을지도 모른다. 그날 이후 벨라 님은 악착같이 돈을 모았다. 아니, 갚았다. 10년 만에 언니의 빚을 갚고 보험을 들고 어머니를 모시고 동생들 창업 자금을 대주었다. 이제는 행복할 만한데 그는 여전히 춥고 배고프다.

벨라 님은 코로나 이전에 동남아를, 코로나 상황에서는 제주를 오가며 스쿠버다이빙을 했다. 따뜻한 야자수 아래에서도 마음은 이상하게 썰렁했다. 기댈 곳이 없다는 불안 때문에. 그도 살면서 '좋다'고 느낀 적은 몇 번 있었다. 그게 지속적이지 않았을 뿐.

"클래식 기타를 배운 적이 있는데, 튜닝이 제대로 되지 않은 기타는 아무리 잘 쳐도 원하는 소리가 나지 않아요. 아마 내 삶이 튜닝 자체가 안 된 상태일지도 모르겠어요."

튜닝 안 된 기타 치기……. 어쩌면 내 삶도 그렇지 않나 싶어 깜짝 놀랐다. 천하의 명연주자가 와도 조율 안 된 피아노로 좋은 곡을 칠 수는 없다. 아이가 피아노를 전공

해서 나는 튜닝의 중요성을 잘 안다. 1년에 한 번씩 늘어진 피아노 줄을 조여주지 않으면 소리는 엉망이 된다.

얼마 전, 벨라 님은 든든한 안정감을 주는 파트너 G씨를 만났다. 그를 만난 이후로 일상이 즐겁다고 했다. 같은 음식을 먹어도 더 맛있고, 같은 풍경을 봐도 더 멋지단다. G씨는 벨라 님 인생의 행복 조율사다. 벨라 님이 그에게 그렇듯.

\+

소리가 어긋나는 피아노 앞에 앉아 있다면
훌륭한 조율사를 만나든가, 피아노를 바꾸든가 하면 된다.

주변 사람과 행복도의
비례·반비례 법칙

벨라 님을 만나고 며칠 뒤, 대학 선배인 숙 누나를 만났다. 우리는 1년에 한두 번, 아무 이유 없이 만나 밥을 먹고 차를 마신다. 몇 년 전, 누나가 유방암 수술을 받고 나서부터 연례행사처럼 됐다. 암 선고를 받고 수술 후 입원해 있는 동안, 그는 '내가 좋아하는 사람을 1년에 한 번은 무조건 봐야겠다'고 결심했단다. 그 리스트에 내가 있다니 감동이다. 선후배, 동기와 동료, 친구, 친지 등 누나는 암 완치 이후로 이유 없이 사람 만나는 것을 즐긴다.

나는 단도직입적으로 물었다.

"누나는 행복해요?"

"그럼."

이렇게 바로 행복하다고 말하는 경우는 드물었다. 유방암이 암 중에서는 그나마 예후가 좋다고 하지만 누나에겐 충격이었을 텐데 말이다.

암 선고를 받기 전까지 그는 앞만 보고 달렸다. 일하고 일하고 또 일했으니까. 내가 보기에도 참 열심히 살았다. 영문법 책을 써서 수십만 부를 팔았고, 그 인세로 아파트를 세 채 샀는데 가격이 다 올랐다. 노후 대책이 끝난 것이다. 93세 노모가 건강하셔서 좋고, 딸은 얼마 전에 취직해서 좋고, 가끔 친구들이나 후배들을 만나서 좋다. 행복하지 않을 이유가 없지 않은가?

중년 가장인 그는 어머니에게 말씀드렸다.

"암 걸렸다 나았으니 나 언제 죽어도 너무 슬퍼하지 마. 엄마도 내년에 아흔넷이니 사실 만큼 사셨어. 엄마 언제 돌아가셔도 나 너무 슬퍼하지 않을 거야."

어머니도 쿨하게 OK하셨다. 누나의 딸은 대학 졸업 반인데 벌써 외국계 회사에 취직이 확정되었다. 졸업하면 홍콩에서 일하게 되는데 연봉이 상당했다. 그러니 딸에 대한 걱정도 덜었다. 돌싱이라 남편도 없으니 걱정거리 하나가 줄었다.

"나 하나만 신경 쓰면 되니까 세상 편해."

대체로 신경 쓸 사람의 숫자와 행복한 정도는 반비례한다. 만약 당신이 어머니를 행복하게 해주고 싶다면 하루 빨리 독립하라. (아들아, 넌 언제 둥지를 벗어날 거니? 응?) 누나는 암 선고를 받기 전까지 저자이자 CEO로 성공적인 인생을 살았다. 수술 후, 집필도 경영도 모두 'All Stop' 했다. 지금까지 3년 넘게 그가 하는 일은 노는 것이다.

"사람은 놀아야 돼. 30년 동안 돈 벌다가 그 돈 쓰면서 노니까 너무 좋더라. 왜 그렇게 죽어라 일만 했는지 몰라."

뭐 하고 노느냐 물으니 걷고 여행하고 사람 만나며 논단다. 지난주에는 딸과 제주 여행을 다녀왔고, 지난 가을에는 내장산에 단풍 구경을 다녀왔고, 코로나 전에는 해외에도 몇 번 나갔다 왔단다. 몸도 회복되었고 재정도 넉넉하고 가족도 건강하고 친구들과 룰루랄라 여행 다니며 놀 수 있다니…… 부러웠다.

죽음의 문턱에 다다랐다 돌아온 사람에게 일상만큼 중요한 건 없다. 건강한 몸으로 산책하고, 친구를 만나고, 여유를 누리는 것. 우리가 다 알지만 쉽게 실천하지 못하는 것들이다. 몸이 망가지기 전에 오랜만에 절친에게 전화라도 한 통 해야겠다.

+

신경 쓸 사람은 적을수록 좋지만
함께 놀 사람은 많을수록 좋은 것 같다.
이 묘한 비례의 법칙.

돈 안 되는 일만 찾아서

'도대체 뭐 하는 사람일까?'

그를 처음 만난 것은 25년 전 한 케이블 TV에서였다. 사람 좋아 보이는 PD였다. 10여 년이 지난 어느 날, 내가 운영하는 인디라이터 연구소에 와서 글쓰기를 배우겠다고 했다. 그때는 직장을 그만두고 프리랜서 상태였다.

워크숍을 떠나 밤 깊은 시각, 나는 그와 한 방을 쓰며 이런저런 이야기를 나눴다. 나는 그에게 앞으로 무슨 일을 하고 싶은지 조심스레 물었고 그는 보람 있는 일을 해

보고 싶다고 했다.

다시 몇 년이 지나 그는 내게 교도소 수감자를 대상으로 글쓰기 강의를 해달라는 부탁을 했다. 나는 승낙했고 일정을 잡았는데, 돼지 열병 때문에 전날 취소됐다는 전화를 받았다. 또 청년을 대상으로 한 인문학 강의를 해달라고도 요청해 청년들을 만나기도 했다. 한번은 수감자들이 사회에 나오면 할 일이 없으니 커피를 만들어 파는 단체를 조직하려는데 동참해줄 수 있는지 물어왔다. 이 일은 내가 전념해 도울 수 없을 것 같아 고사했다.

이외에도 북한 어린이들에게 우유를 보내고, 미얀마에 예술학교를 세워 음악을 가르치고, 미얀마 커피를 팔아 그곳 아이들을 돕는 일들을 하나하나 실천해나갔다. 쉽게 말해서 전부 돈 안 되는 일이었다.

그는 권태훈이다. 때로는 그가 한심해 보였다. 도대체 왜 늘 돈 안 되는 일만 찾아다니는지 묻고 싶었다. 나는 그의 종교를 모른다. 개인 사정도 잘 모른다. 그의 꿈꿈이도 알 수 없다. 그러나 그는 10년 넘게 미얀마에 공을 들였다. 그곳 어린이들을 위해 기금을 모으고, 학교 부지를 알아보고, 사람들을 만나며 실제로 예술학교를 만들었다. 음악을 배울 때 아이들 얼굴에 피는 미소를 잊지 못하는 건지, 수도 없이 미얀마를 드나들며 돈 안 되는 일에 매진했다.

어느 날 문득 이런 생각이 들었다. 이 사람은 진짜 귀한 것을 구하고 있는 것 아닌가? 보이지 않는 원석을 비축해두는 건 아닌가? 내가 지상의 현찰을 찾아 헤매는 동안 그는 하늘에 보석을 쌓아두고 있는 것 아닌가? 그는 나를 형이라고 부르지만 나는 그날부터 그를 스승으로 여긴다.

2021년 초, 미얀마에 군부 쿠데타가 일어났을 때 권태훈의 속은 타들어갔을 것이다. 10년 동안 애써온 보람이 하루아침에 무산될 위기에 처했기 때문이다. 3월의 어느 날, 그가 SNS에 소식을 올렸다.

미얀마에서 속출하는 부상자를 도울 클리닉 센터 운영 비용과 식량이 필요합니다. 사람예술학교에서 커피 1천 개를 팔아서, 판매금 전액을 보내려 합니다. 도와주세요.

권태훈이 소개한 커피를 나도 마셔봤다. 열대의 향이 풍부한 산미가 매력적이었고 뒷맛이 깔끔했다. 나는 SNS에 그의 소식을 공유했다. 어차피 커피는 마시니 부디 한 봉씩 사주시라고. 미얀마의 사람예술학교도 돕고 쿠데타로 쓰러져가는 사람도 구하자고.

한 봉에 만 천 원. 1천 개면 천백만 원이다. 미얀마 커피는 엄청난 호응을 받아 목표의 10배 이상을 판매했다. 그는 1억 원이 넘는 돈을 미얀마에 보내 민주화 운동을 하다 다친 사람들을 위한 치료비로 쓰게 했다. 나뿐 아니라 많은 친구의 도움으로 미얀마에 커피 판매금을 보내던 날, 사람 좋은 권태훈은 오랜만에 웃음을 터뜨렸다. 돈안 되는 일만 찾아서 하는 그는 돈이 많은 어느 누구보다행복해 보였다.

돈 안 되는 일이라도 행복이 되어준다면
하지 않을 이유가 없다.

건강이 최고라는 말

　　명승권 박사는 국립암센터에서 가정의학과 전문의로 오래 일했다. 2021년, 그는 국제암대학원대학교의 학장으로 승진했다. 한국 의료의 위상이 높아지자 전 세계에서 몰려드는 의료계 엘리트를 교육하기 위해 나라에서 세운 의학 전문 대학원의 수장이 된 것이다.

　　명 박사는 종합영양제 반대론자로 유명하다. 그가 지금까지 10여 년 넘게 주장해온 내용을 한마디로 요약하면 이렇다.

"영양제 먹지 마세요."

명 박사는 2007년, 미국의 한 의학지에서 비타민과 항산화물질이 배합된 약(종합영양제)을 먹으면 사망률이 5퍼센트 높아진다는 내용의 논문을 보게 된다. 47개의 논문을 비교, 종합해서 분석해놓은 메타 분석 * 자료였다. 이때 그는 검진 센터 전문의였는데 종합영양제를 먹는 환자들이 많은 걸 보고 깜짝 놀랐다.

이후 명 박사는 한 신문에 종합영양제를 먹지 말라는 내용의 칼럼을 실었다. 칼럼만 갖고 안되겠다 싶어 논문도 발표했다. 2009년 이후 10여 년 동안 그는 무려 85편의 논문을 썼는데 그중 반 가까이는 건강기능식품의 효능을 분석한 것이다.

이뿐 아니다. 2011년, 종편이 개국한 이래로 방송 활동을 활발히 하면서 종합영양제를 먹지 말라는 주장을 펼쳤다. 이 정도면 제약 회사에서 테러할 만도 하다. 왜 그렇게 방송에 많이 나갔느냐고 묻자 이런 대답이 돌아왔다.

*　　수년간 축적된 논문을 요약 분석하는 연구 방식

"의사들이 방송에 나가 종합영양제를 먹으라고 하는데, 아예 대놓고 제약회사를 선전하고 있더라고요. 수많은 논문에 종합영양제는 효능이 없거나 있어도 주목할 정도가 아니라고 쓰여 있습니다. 또 반드시 부작용이 생깁니다. 간 기능이 떨어진다든지, 콜레스테롤 이상이 온다든지 하는 굉장히 다양한 부작용이 있습니다. 그런 내용이 실린 논문이 수백 편이에요. 도저히 참을 수 없어서 방송에 나가기 시작했지요."

그는 방송으로 유명세를 얻어 다양한 강연도 다닌다. 명 박사 또래의 의사들이 의대를 다닐 때는 건강기능식품에 대한 이론적인 내용을 배운 적이 없다고 한다. 현재 방송에서 비타민제 등을 권장하는 경우, 의사가 의대를 졸업한 뒤 따로 보고 들은 지식에 기반하는 것인데 이걸 무조건 받아들이는 것만이 능사는 아니라고.

명 박사는 외로운 길을 걷고 있다. 우리나라에서 종합영양제 반대를 공식적으로 주장하고 다니는 이는 거의 없다. 한국건강기능식품협회의 발표에 따르면, 국내 건강기능식품 시장 규모는 2020년 한 해 5조 원에 육박한다. 종합영양제를 먹지 말라고 주장하는 것은 이 거대한 시장의 흐름을 거스르겠다는 선언이다.

지금도 얼마나 많은 의사가 매스컴을 통해 건강기능식품을 홍보하고 있는가. 이들이 토론을 마치면 신기하게도 좋다고 이야기한 관련 상품이 바로 홈쇼핑이나 광고로 방영된다. 눈에 보이는 이 돈줄을 거부하겠다는 것인가?

"대학 입학 후 노래패에 들어갔습니다. 그곳에서 사회의 부조리에 눈떴고 옳지 않은 것은 옳지 않다고 말하는 법을 배웠지요. 그 반골 기질이 지금까지 이어져오고 있는 것 같습니다."

그는 건강기능식품을 먹는 것보다 건강에 더 도움이 되는 일곱 가지 습관이 있다고 말한다. 담배 끊고, 술 줄이고, 체중 유지하고, 운동하고, 과일과 채소를 골고루 먹고, 너무 짜지 않게 먹고, 고기는 적당히 먹는다(너무 당연한 내용이다). 이 원칙만 지키면 병 없이 건강하게 살 수 있는데, 이걸 안 지키고 영양제만 먹으니 어불성설이라는 것. 그의 권유에 따라 원칙을 지키는 생활을 한 뒤에 훨씬 건강해진 환자를 보는 것이 명 박사의 즐거움이다.

건강은 행복의 기초다. 늘 그렇듯 우리는 기초를 무시하고 성과만 바란다. 행복해지려면 내 몸을 먼저 돌봐야 하지 않을까?

+

**건강이 최고라는 어른들의 말에
틀린 것 하나 없다.**

어느 인문학자 이야기

2019년 5월의 어느 날 저녁, 책을 소개하는 한 라디오 프로그램을 진행하고 있던 나는 가슴에 심한 통증을 느꼈다. 협심증이었다. 일주일 전에 이미 한 번 쓰러진 경험이 있어서 다음 날 정밀 검사를 앞두고 있었다.

생방송이었다. PD에게 음악을 내보내라는 사인을 보내고 스튜디오에 누울 수밖에 없었다. 노래가 끝나갔지만 방송을 진행할 수 없었다. 그때 초대 손님이 김경집 선생이었는데, 그가 임시 DJ 역할을 해주었다. 하필 그는 전해에 심장 수술을 받았다. 동병상련.

방송이 끝나고 바로 병원에 후송된 나는 스텐트 삽입을 위해 수술대에 올라갔다. 잠시 뒤 당분간 약물치료로 상황을 지켜보자는 집도의의 판단에 가슴을 쓸어내렸다. 일주일간 병원에 입원하고 퇴원한 이후 나는 심장에 대해 궁금한 게 있을 때마다 김경집 선생에게 연락했다.

내 걱정은 위중했으나 김 선생의 대응은 간단했다. 등산해도 되는지 물으면 "해도 된다. 아무 문제 없다"는 답이 돌아왔다. 사랑해도 되는지 물으면 "죽기 전까지 힘써라"는 선문답이었다. 약을 평생 먹어야 하는가 물으면 "평생 먹으면 된다. 비타민 먹듯 매일"이라는 허탈한 대답을 했다. 뭐가 문제냐는 듯 그는 티 없이 맑은 눈으로 나를 빤히 쳐다봤다.

김 선생은 우리나라를 대표하는 인문학자다. 순전히 내 평가다. 그는 성공회대학교에서 인간학을 25년 넘게 강의했고 트렌드와 고전을 아우르는 수십 권의 책을 썼다. 가톨릭 신자로 《평화신문》과 《한국일보》 등에 칼럼을 쓰기도 한다. 그는 칼럼으로 정치인, 경제인, 언론인, 법조인 등 소위 '사회 지도층 인사'들을 마구마구 베어낸다.

또 김 선생은 독일의 실천적 목회자인 디트리히 본회퍼의 평전을 소개하면서 "교회가 세상을 걱정하는 게 아니라 세상이 교회를 걱정하는 지경에 이르렀으니, 하나님 보기에 어떨지 참 민망한 노릇"이라고 한탄한다. 이게 현재 우리 개신교의 모습이다. "세습에만 골몰하고, 싸구려 은혜를 팔면서 세력의 확장에만 힘쓰고, 뻔뻔하게 복음을 운운하며 신의 뜻을 팔고, 오히려 예수가 하지 말라는 짓을 예수의 이름으로 저지르고 있지 않은지 스스로 물어야 한다."* 이게 2017년 글인데 어째 최근의 상황을 예언하는 듯하다.

그는 자본도 들이받고 교회도 들이받는다. 어쩌자고 이러는가? 팬으로서 걱정된다. 정녕 그는 펜 하나 달랑 들고 이 사회의 불의와 부정에 맞서겠다는 것인가?

살다 보면 일이 꼬일 때가 있다. 그럴 때 누군가를 만나 이야기를 나누면 꼬인 매듭이 풀리곤 한다. 내게는 김 선생이 그렇다. 고민하던 주제가 그의 몇 마디에 해결된

* 김경집, 〈본회퍼를 기억하라, 싸구려 신앙을 버리고〉, 가톨릭일꾼, 2017.11.21

다. 나를 괴롭히던 아이템이 그의 조언 하나에 빛을 본다. 나만 그럴까? 내가 아는 부지런한 출판평론가 김 모 씨 (빵떡 모자를 쓰고 안경을 썼으며 쌍꺼풀 있음)도 그렇게 이야기했다. 그래서 그는 아예 한 달에 한 번 선생과 만난다.

내가 아는 어떤 PD 역시 그렇게 느낀다며 종종 선생과 미팅을 한다. 모 편집자는 수시로 그를 불러 조언을 구한다. (선생이 그에게 혹시 재정적으로 낚여 있는 게 아닐까 싶을 정도다.) 김 선생은 매일 책 한 권 이상을 읽고 집필을 하면서도 지인들의 부름에 응한다. 그리고 지혜를 나눈다. 정확히 말하면 전수한다. 그러니 만나지 않을 도리가 없다.

나는 《동백어 필 무렵》이라는 드라마 에세이를 낸 적이 있다. 전적으로 김 선생의 공로로 내게 된 책이다. 그저 주선만 한 것이 아니다. 들녘 출판사의 선우미정 주간을 만나게 해준 것뿐 아니라 몇 차례의 회의에 직접 참가했다. 책이 나오자 어떻게 하면 잘 홍보할 수 있을까 고민하면서 출판사와 저자인 내게 무한한 아이디어를 쏟아내주었다. 당신이 책을 냈을 때보다 더 열의를 보였다. 정작 쓴 사람보다 더 책을 염려하는 것 같아서 그만큼 적극적이지 못했던 내가 다 무안할 지경이었다.

김경집 선생은 그런 식이다. 자신이 지혜를 전수하는 줄도 모르면서 대화한다. 자신의 한마디가 사람들에게 어떤 선한 영향력을 미치는지 의식하지 않으면서 말을 건넨다. 그런 그의 말을 듣는 사람들은 행복하다. 정작 자신은 어떨까? 그도 행복할까? 아마도 이조차 따지지 않고 타인을 행복하게 하는 거라 상상해본다. 그는 무위의 언어로 무위를 행하는 현인이다. 그러니 나는 그저 그를 본받으려 발버둥 칠 따름이다.

주위에 선한 영향력을 미치는 사람,
그 곁에 있는 사람
모두 필연적으로 행복해진다.

전사가 되고픈 평론가

오래전 스포츠 신문기자 노릇을 한 적이 있다. 그때 나는 연예부 기자였는데 어느 날 동료 기자에게 이런 질문을 했다.

"사람들은 어제 프로야구를 보고 오늘 왜 또 프로야구 기사를 볼까?"

지금은 세상을 떠난 송철웅 기자가 이렇게 답했다.

"눈으로 본 건 휙휙 날아가지만 글은 두고두고 읽을 수 있으니까."

나는 그의 말을 이렇게 해석했다. 눈앞에 펼쳐지는 야구 경기는 시간 속에 흘러가고, 지면 위에 쓰인 기사는 공간 속에 존재한다. 시간의 예술은 순간에 몰입해야 즐길 수 있다. 때로 놓친 순간은 되돌릴 수 없다. 이 아쉬움을 달래주는 것이 공간의 예술인 글이다.

글은 반성을 가능하게 한다. 읽다가 의문이 나면 질문할 수 있고 이해가 안 되면 다시 볼 수 있다. 일찍이 소크라테스는 "검토하지 않는 삶은 의미가 없다"고 했는데 아마도 평론가의 존재 의미는 이 한 문장으로 대변할 수 있을 듯하다.

몸의 어딘가에 이상이 생기면 우리는 의사를 찾는다. 왼쪽 아랫배가 심하게 아픈 사람이 '이게 맹장염일까 췌장염일까…… 아니겠지. 뭐, 맞아도 상관없어'라고 생각하진 않는다. 바로 병원에 간다.

그러나 만약 영화를 보고 우리 생각에 이상이 생기

면? 우린 그냥 '이 감독이 말하려는 게 뭘까? 평등? 순종? 뭐, 아니어도 상관없어'라고 생각한다. 예전에 봉준호 감독의 〈괴물〉이 나왔을 때 '반미 영화'라는 자기 아내의 평을 그대로 소개했던 일간지 기자의 글을 보고 실소를 금하지 못한 적이 있다.

몸의 이상 신호에 의사가 필요하듯, 우리 뇌의 이상 신호에는 평론가가 필요하다. 책을 읽고 이해가 안 될 때 서평가가, 영화를 보고 모르겠다 싶을 때 영화평론가가 우리의 의문과 오해를 풀어주어야 한다.

나는 영화를 보고 이해가 안 될 때 해결하는 하나의 기준이 있다. 바로 영화평론가 오동진 선생의 평을 읽는 것이다. 영화를 보고 막힌 속이 그의 글을 읽고 나면 뻥 뚫린다. 영화를 보고 들었던 의문이 그의 해설을 듣고 나면 확 풀린다. 게다가 그의 글은 명문이다. 의미가 깊은데 재미도 있다. 오동진의 영화평은 단순한 해석을 넘어 시대정신에 대한 바로미터이고 '글이란 무엇인가?'에 대한 적확한 답이다.

그는 "혹자는 내 글이 지나치게 정치적이라며 핀잔을 준다"고 했는데 정치적 스탠스가 반드시 좋은 글을 담보하는 건 아니다. 어떤 정치적 올바름이 있다면, 그 올바름 쪽에 섰으나 글이 후질 때가 있다. 이럴 때는 글을 읽고 나면 허전하다. 글은 참 좋은데 정치적 그름 쪽에 서 있다면 그건 읽기도 전에 허무하다. 오 선생은 정확한 정치적 입장을 가지면서 읽고 나면 허전하지 않은 글을 쓰는 사람이다.

그 오동진 선생이, 그렇게 글을 잘 쓰는 이가 책은 과작이다. 2016년에 《작은 영화가 좋다》를, 2020년에 《사랑은 혁명처럼, 혁명은 영화처럼》을 냈다. 나는 후자를 읽었다. 페이스북으로 보는 글과는 또 다른 느낌이다. 세상에 명문장가들은 많다. 정치적 올바름과 그름을 떠나 고고하게 평론하는 이들도 많다. 오 선생은 고고하지 않다. 그러기엔 너무 전투적이다. 그의 삶이, 사상이, 글이 그렇다. 오죽하면 생애 두 번째 평론집 제목이 '사랑은 혁명처럼, 혁명은 영화처럼'일까.

그는 이준익 감독의 〈박열〉을 평하면서 "혁명은 원래 좀 놀면서 하는 것"이라고 못 박는다. 아마도 이게 그의 책 제목에 대한 변명이 될지 모른다.

혁명은 원래 좀 노는 것이다. 치기가 없으면 시작조차 하기 어려운 것이다. 이루지 못할 이상을 당초부터 이루지 못할 것으로 생각하는 자, 혁명을 논하지도 행하지도 못하는 법이다. 그건 어쩌면 영화도 마찬가지다. 영화는 일종의 유희의 수단이다. 매번 심각하게 굴면 사람들은 영화를 보려 하지 않는다. (중략) 혁명도 놀고 영화도 논다. 혁명적인 것은 영화적인 것이고, 영화는 곧 혁명이 된다.[*]

이 대목에서 D.H. 로런스의 "혁명을 하려면 웃고 즐기며 하라. 소름 끼치도록 심각하게는 하지 마라. 너무 진지하게도 하지 마라. 그저 재미로 하라. 사람들을 미워하기 때문에 혁명에 가담하지 마라"는 대목이 떠오른다. 대가의 힌트는 이렇게 서로 닮았나 보다. 책에는 〈기생충〉부터 〈더 히어로〉까지 74편의 영화에 대한 이야기가 실려 있다. 각 영화평에 붙인 소제목이 흥미롭다.

〈미안해요, 리키〉 – 빵을 줄 때는 장미를 주는 것처럼

[*]   오동진, 《사랑은 혁명처럼, 혁명은 영화처럼》, 썰물과밀물, 93쪽

〈시인의 사랑〉 – 서로 핥아주고 비벼주고, 이렇게까지 해야 해?

〈봉오동 전투〉 – 안 좋지는 않았어, 섬세해

〈콜드 체이싱〉 – 영감탱이! 패다 패다 지쳤나?

이건 그야말로 '영화 여리꾼'다운 카피다. 리암 니슨의 영화평 제목을 저렇게 뽑는 사람은 아마도 오 선생밖에 없을 거다. (아니면 그의 책을 편집한 썰물과 밀물의 편집자거나.) 이 책에서 나를 울린 평은 〈가버나움〉이다.

견디다, 견디다 못한 자인은 아이를 길거리에 둔 채 도망치려 한 적도 있다. 아이가 졸졸 따라오면 화를 내는 척 돌려보내지만, 못내 다시 돌아오고, 또다시 돌아오기를 몇 번, 아이 발목을 묶어서 따라오지 못하게 하다가도 결국 다시 아이를 품에 안는 모습은, 정상적인 사람이라면 가슴에 통증이 일어서 도저히 볼 수 없는 지경이 된다.[**]

**   앞의 책, 191쪽

오 선생의 평이 죄다 그렇다. 공감의 언어, 소통의 문장이다. 그래서 영화뿐 아니라 그의 글을 읽는 행위가 어느 순간 '가슴에 통증이 일어나는' 일이 되어버리고 만다.

그는 삶과 유리된 영화는 이야기하지 않는다. 꽤 자주 정치적 언급을 하는 이유는, 우리 삶이 정치에 의해 좌우되기 때문일 것이다. 특히 한반도의 지정학을 고스란히 감내하고 살아야 하는 한국인에게는 더욱 그렇다. 오동진은 글로 싸운다. 세상 누구도 쓰지 못하는, 쓸 수 없는 글로. 그러므로 쓸 때 오동진은 오롯이 오동진이다. 사람은 자신만이 할 수 있는 일을 할 때 완전하다.

그의 이야기 속에는 그가 꿈꾸는 새로운 세상이 늘 드러난다. 그는 혁명도 반란도 영화로 할 사람이다.

《사랑은 혁명처럼, 혁명은 영화처럼》의
출간 기념회에 가서 책을 내밀자,
이런 문구와 함께 사인을 해줬다.

"함께 세상을 바꾸어봅시다."

이 한마디로 내 마음을 베었다.
역시 펜은 칼보다 강한가?

사람을 못 버리는 사람

"저는 사람을 못 버려요."

이미경 님의 말이다. 미경 님은 30년 동안 논술을 가르쳤다. 열 평 남짓한 그의 논술학원에는 학생뿐 아니라 많은 사람이 오간다. 사랑방 같다. 사람 좋아하는 그의 성격 덕분이다.

어떤 이는 선배가 많이 아끼고, 어떤 이는 후배가 많이 따른다. 미경 님은 후자다. 그의 주변에는 늘 사람이 많은데 왜 그런지 가만히 살펴봤다. 일단 그는 배우기를 좋아한다. 대학과 대학원 후배가 있고 글쓰기 교실 후배들이 있다. 미경 님은 학생들을 가르치면서 동시에 독서 토론, 수사학, 유대인의 공부법이라는 하브루타 등 다양한 강의를 들었다. 글쓰기 관련 강좌도 여러 개 들었고 심지어 타로점 보는 법까지 배웠다. 그가 가진 자격증만 열 개가 넘는다.

　강의를 듣다가 만난 동기들을 살갑게 챙기는데 대체로 나이 어린 친구를 형제자매처럼 보살핀다. '나라면 저렇게까지는 안 할 텐데…….' 했던 적이 한두 번이 아니다. 암에 걸린 후배의 원고를 책으로 내려고 뛰어다니질 않나, 대학원 후배들을 모아 토론 수업을 하질 않나, 자기 학원을 흔쾌히 사업 공간으로 내주질 않나.

　한번은 내가 모 백화점에서 강의를 의뢰받아 미경 님께 할 수 있는지 여쭤봤다. 그는 자기뿐 아니라 후배들이 함께할 수 있는 강의를 역으로 제안해왔다. 언젠가 취업을 앞둔 A씨가 온종일 그의 옆에 붙어서 강의 자료를 만들어주길래 궁금해서 농담처럼 물었다.

"도대체 A씨는 미경 쌤한테 무슨 약점을 잡혔기에 그렇게 절절매요?"

그러자 A씨가 정색을 하고 내게 답했다.

"미경 쌤이 저를 딸처럼 생각하셔서요."

알고 보니 취업이 안 되어 전전긍긍하는 A씨에게 미경 님은 틈틈이 강의 자료를 만들게 하면서 용돈을 쥐어줬다. 웬만한 알바보다 더 후한 금액이었다.

Money talks. 돈이 최고다. 사람들이 오해하는 게 있다. 마음으로 전한다는 건 없다. 돈이 마음이다. 다만 잘 전해야 할 뿐이다. 미경 님은 내 강의를 열 번 가까이 들었다. 나중에는 내가 미안해서 그냥 들으시라고 했는데, 절대 그럴 수 없다면서 굳이 수업료를 냈다. 수업 후 뒤풀이를 하면 종종 밥값을 냈다. 그러지 마시라고 해도 막무가내다. 남에게 퍼주기 좋아하고 사주기 좋아하고 선물하기 좋아한다. 미경 님을 만난 지 10년이 되어가는데, 타인을 향해 분사되는 그 펌프는 아직도 멈추지 않고 있다.

　처음에는 오해도 했다. 돈이 많은 건지, 혹 다른 의도가 있는 건지. 그런데 얼마 지나지 않아 기우임을 알았다. 그의 천성이 그저 안 주고는 못 배기는 것일 뿐이다.

　어느 날, 글쓰기 교실에서 몇 번 만난 청년이 회사에서 부당한 일을 당했다. 그 부당한 일을 상부에 고발했더니 그다음부터 부서에서 노골적으로 왕따를 시키더란다. 몇 달을 견디다 못해 사표를 내고 나온 날, 우리는 술을 마셨다. 그 청년이 울기 시작했고 미경 님이 어깨를 토닥이며 내일 자신을 찾아오라 했다. 다음 날 찾아가니 밥과 술을 사주고 용돈도 주었단다. 또 궁금해서 왜 그랬는지 물어보았다.

　"갓 스물 넘은 애가 상처받는 걸 어떻게 그냥 둬요."

　사람 사는 곳에는 이렇게 호인이 있지만 그의 호감을 100퍼센트 순수하게 받아들이지 못하는 이도 있다. 한 번은 미경 님이 오해를 샀는지 B가 연락을 끊었다. 인맥 단절이야말로 그가 가장 두려워하는 것이다. 미경 님과

B를 동시에 아는 누군가 말했다.

"그건 B가 잘못했네. 미경 쌤! 사람도 끊을 때는 좀 끊을 줄 알아야 해. 자기가 무슨 어미 닭이야? 죄다 품고 있게?"

"나는 다른 건 다 끊어도 사람은 못 끊어. 그게 나인 걸 어떻게 해?"

때로는 좀 모질게 살았으면 좋겠다. 과유불급. 다정도 병이다. 그러니 조금 냉정에 가까우면 지금보다 한 뼘쯤 더 행복하지 않을까. 행복이라는 말馬을 편히 타려면 이기심이라는 안장이 필요하다.

저쪽에서 싫다는 데도 그는 또 스마트폰을 만지작거리며 떠나간 이의 SNS에 '좋아요'를 누를까 말까 망설이고 있다. 어휴, 저 새가슴! 그래도 새가슴은 파닥파닥 날갯짓하며 살아야지 강철 가슴으로 살려다간 몸이 무거워 땅에 떨어진다.

세상에는 이해받지 못하는 행복도 있다.
불행을 부르는 게 아니라면야 문제 있겠는가?

행복도 나이를 먹을까?

Q. 자기소개를 해달라.

A. 숙명여대 경제학과 2학년 조윤지다. 일산에서 부모님
과 살며 통학한다. 학보사 기자를 하고 있다.

Q. 졸업하면 하고 싶은 일은?

A. 많다. 은행도 가고 싶고 증권사도 가고 싶고 기자도 되
고 싶다. 정해놓은 건 없다.

Q. 뭘 할 때 즐거운가?

A. 아직 어떤 일을 하면서 즐거운 건 못 느꼈다. 친구들 만나서 이야기할 때가 제일 즐겁다.

Q. 친구들과 무슨 이야기를 하나?

A. 세상 사는 이야기다. 뭐가 고민인지 대화하고 서로 영화 같은 걸 보고 느낌을 공유하면서 스트레스를 푼다.

Q. 취미는 뭔가?

A. 집에 있는 걸 좋아한다. 집에서 넷플릭스로 드라마나 영화 보는 것. 또 피아노도 치고 기타를 배우면서 나름 즐기고 있다.

Q. 행복이 뭐냐고 묻는다면?

A. 아직 잘 모르겠지만 행복은 집착할수록 멀어지는 것 같다. 또 순간적인 감정인 것 같다. 돌아봤을 때 행복이라고 느끼는 그 무엇? 내 좌우명은 '후회하지 말자'였다. 그래서 늘 미래로 행복을 미뤄왔는데 언제부터인

가 '지금을 즐기자'로 바뀌었다. 시간이 지나 내 삶을 돌아봤을 때, '그때 참 행복했구나'라고 생각하는 것 아닌가 싶다. 그러나 항상 행복해야 한다고 생각하지 않는다. 살다 보면 불행할 수도 있다.

Q. 살면서 제일 행복했을 때는 언제였나?

A. 대학 합격의 순간이 가장 행복했다. 그런데 '이제 수능 공부 안 해도 되는구나'라는 생각 때문에 행복했던 거다. 대학까지 가는 과정이 너무 힘들었다. 대학만 가면 이것도 할 수 있고, 저것도 할 수 있다는 말을 들으면서 하고 싶은 것들을 많이 자제해왔다.

더구나 난 한 번에 대학에 들어가질 못했다. 재수 뒤에 성적이 그나마 좀 나와서 세 군데에 지원했고, 그중 가장 원하는 곳에 합격했다. 합격자 명단을 확인하는 순간 정말 기뻤다. 지금까지 살면서 내가 이룬 가장 큰 성취라고 생각한다.

물론 남들이 대학 신입생이 되었을 때 난 다시 공부해야 했지만, 지금 생각해보면 좋은 선택이었다고 본다. 학원에서 좋은 친구도 만났다. 새옹지마라고 할까?

Q. '한국인이 아니라면 어땠을까'라는 생각을 해봤나?

A. 누구나 현실 도피를 꿈꾸지 않나? 한국에서 태어나지 않았다면 더 행복할 수도 있었을 거라는 생각도 한다.

Q. 만약 다시 태어난다면 어디에서 태어나고 싶나?

A. 호주에서 태어나고 싶다.

Q. 이유는?

A. 일단 인구밀도가 낮지 않은가? 경쟁이 덜한 나라에서 좀 여유 있게 살고 싶다.

조윤지 씨는 가보지 못한 나라에서 다시 태어나고 싶은 이유에 대해 "경쟁이 덜할 것 같아서"라고 답했다. 21세기 한국은 이제 세계가 우러러보는 선진국 대열에 들어섰다. 방역의 성공으로 위상이 높아졌고, BTS와 영화 〈기생충〉 등의 선전에 힘입어 문화 강국으로 자리 잡았다. 예전보다 덜 불평등하고, 예전보다 덜 불합리하다. 하지만 급격한 성장에는 고통이 따르는 법.

윤지 씨 같은 Z세대는 팬데믹 이후 성인이 됐다. 비

대면 문화에 익숙하고 개인적이다. 이들이 원하는 행복은 기성세대와는 다른 것 같다. '여유'와 '개성'이 이들의 행복과 깊은 연관이 있다고 느꼈다.

여전한 무한 경쟁 속에 우리의 하루는 버겁다. 이제 대학 2학년인 윤지 씨는 이미 입시를 두 번이나 겪으면서 힘겹게 전쟁을 치렀다. 그는 회사에 들어가고 돈을 벌고 자립을 할 것이다. 그 미래의 여정에 입시보다 더한 전투가 곳곳에 도사리고 있다는 것을 아직은 모르리라. 스무 살을 막 넘긴 이 젊은이가 상처보다는 웃음 속에 살아가길 기도한다.

+

**나이를 먹으면서
행복에도 주름이 지는 것 같다.**

맹목적인 질책보다
주체적인 존중을

　정원 씨는 피부과 상담 직원, 실장을 거쳐 지금은 한 개인병원 이사로 활동 중이다. 병원은 누가 경영하는가? 의사가 전권을 쥐고 있지만 규모가 커지면 전문가의 도움을 받아야 한다. 마케팅, 상담, 홍보 등을 의사 혼자서 전부 할 수 없다. 의사는 진료를 맡고, 그 외의 비즈니스를 따로 담당하는 파트너가 있어야 한다. 병원에서 상담실장, 혹은 행정실장 등이라 불리는 사람이다. 명칭은 중요하지 않다. 규모가 큰 곳은 기업과 마찬가지로 대체로 친인척이 이 부분을 담당하곤 한다.

얼마나 많은 의사가 병원을 개업하면서 영업 담당자를 파트너라 여길까? "나는 진료만 할 테니 당신은 영업을 전담하시오"라며 맡길 사람이 얼마나 될까? 그것도 지분을 나누면서.

정원 씨는 오랫동안 피부과 상담실장을 하면서 자신을 파트너로 여길 사람을 찾아왔다. 이전에 근무했던 곳의 의사 대부분은 상담을 전담한 그를 부하 직원 이상으로 여기지 않았다. 의사 입장에선 당연했을지 모르지만 정원 씨의 꿈은 컸다. 어떤 원장은 그가 일한 지 11개월쯤 되자 쫓아내려 했다. 퇴직금을 주지 않겠다는 심사였다. 이런 경우도 있었다.

"아이가 두 돌 지났을 때쯤 고열이 나서 병원에 갔다가 오전 10시 40분에 출근했어요. 당시 직원들이 지각하면 15분에 만 원씩 벌금을 냈는데, 출근하자마자 원장님이 지각비 6만 원을 내라는 거예요."

'상인호 불문마傷人乎 不問馬'라는 일화가 있다. 공자가 자리를 비운 사이 마구간에 불이 났는데, 조정에서 돌아온 공자가 물었다. "다친 사람은 없느냐?" 그리고 말에 대해선 묻지 않았다. 상인호, 불문마 둘 중 하나만 지켜도 좋은 리더가 된다. 먼저 원장은 "아이는 어떠냐"고 물어야 했다.

이때 정원 씨는 주체적인 존재가 되어야겠다고 결심했다. 얼마 뒤, 사표를 내고 상담 전문 강사가 되기 위해 교육을 받고 강의를 진행했다. 그러다 병의원 전문 컨설팅 회사에 채용되어 1년 여를 보냈다. 그는 이런 활동 내용을 SNS에 자세히 올리며 의욕적인 나날을 보냈다. 2019년 봄, 그의 SNS를 눈여겨보던 한 피부과 전문의의 메시지를 받게 된다. 곧 개업하는데 함께 일하고 싶다는 내용이었다.

"당시 집이 중곡동이었고 개업할 병원은 안양이었어요. 가는 데만 1시간 50분이 걸렸어요. 아닌 것 같아서 못한다고 말하고 와야겠다고 생각했지요."

출퇴근이 문제였다. 네 살 아이는 엄마의 손길이 절대적으로 필요했다. 고사하려는 순간, 개업할 병원의 원장이 장문의 메시지를 보냈다. 가장 중요한 건 정원 씨를 직원이 아닌 사업의 동반자로 생각하겠다는 내용이었다.

그 제안이 정원 씨의 마음을 흔들었다. 다시 만나 구체적인 계획을 함께 나누고 나서 그는 파트너로서 개업에 참가하게 된다. 과연 잘될까 싶은 두려움은 개업 두 달 만에 사라졌다. 환자가 몰렸으니까. 그 비결이 뭘까?

"한번 방문한 고객을 영원한 고객으로 만들려고 노력해요. 그리고 원장님 마인드가 남다르세요. 병원이 잘되면 열매를 혼자 갖지 않겠다, 직원들과 나누겠다고 하셨고 실제로 그렇게 하고 있어요. 또 직원 분들도 성심으로 고객을 대하고요."

더 이상의 자세한 설명은 영업비밀이 될 것 같아 생략한다. 하지만 이미 정답은 나왔다. 고객을 성심으로 대할 것. 한번 고객을 영원한 고객으로 만들 것. 이익을 사장 혼자 독점하지 말 것. 이 세 가지 요소는 선순환하면서 조직을 살찌운다. 그 정점에 정원 씨 같은 브레인이 있다.

정원 씨는 개원 1년 뒤 병원 근처로 이사했다. 병원은 최근 면적을 2배로 확장했단다. 직원은 개원 때보다 4배 늘었고 매출 역시 놀라울 정도로 성장했다. 만 2년 만에 이 모든 일이 이루어졌다. 정원 씨는 행복할까?

"당연히요. 제 일을 주체적으로 하면서 성과도 좋으니까요. 오픈하고는 밤늦게 퇴근하기도 하고 일요일에도 나가곤 했는데 요즘에는 내 시간이 많아져서 아이를 돌보는 데 힘이 덜 들어요. 만족합니다."

친절하면서도 심지 굳은 그는 환하게 웃었다.

+

**주체적인 존중과 배려는
언제나 행복과 이웃한다.**

'미친 인맥'의 비결

10여 년 전에 메일이 한 통 왔다.

어떻게 살아야 할지 고민하는 청년입니다.
좋은 말씀 듣고 싶은데 만나주십시오.

지금은 경상대학교 인문도시진주사업단 연구 조교로
있는 황진혁이었다. 그때 나이는 스물셋 정도였는데 '나
를 찾는 여행'을 하고 있다 했다. 가장 어려운 여행 아닌
가? 반드시 해야 하면서도 하지 않는 여행, 가장 필요하면

서도 잊고야 마는 여행 아닌가? 이 청년이 궁금했다. 진주에서 내 집필실이 있던 홍대까지 온다기에 만났다.

호탕하고 특이한 젊은이였다. 그런데 이 사람 보소. 그동안 김영삼 전 대통령, 소프라노 조수미 씨, 이해인 수녀님, 이외수 작가, 금난새 지휘자, 가수 임창정 씨 등을 만났단다. 그저 "좋은 말씀 듣고 싶은데 만나주세요"란 말 한마디로? 난 그 섭외 능력이 더 놀라웠다. 물론 워낙 VIP들이라 만남의 통로가 따로 있긴 했다. 그 통로는 진혁의 영업비밀.

진혁은 대학을 졸업하고 호텔에 입사하더니 만 26세에 지배인이 되었다. 틈틈이 글을 써서 책도 두 권 냈다. 그는 2008년부터 10년 동안 위에서 예로 든 분들 이외에도 백여 명을 만나러 다녔다. 왜 그토록 명사들을 찾아다녔나 물었다.

"대학 들어오기 전 10년 동안 너무 어렵게 살았습니다. 홀어머니 아래서 말썽도 많이 피우고, 희망이 없는 생활이었어요. 그러던 어느 날, 이해인 수녀님 강연을 듣고

'저런 분을 직접 만나 이야기를 들어보면 좋겠다'는 생각에 한 분 한 분 대면하게 됐습니다."

그는 청소년기에 가정 형편이 어려워 기초생활수급권자로 지냈다. 어느 날 갑자기 뇌 속에 종양이 발견돼 힘들게 투병까지 해야 했다. 점점 웃음을 잃어갔다.

"하루는 당시 정부의 문화계 블랙리스트 업무를 거부해 불이익을 당했던 문체부 공무원 김용삼 선생님을 만났습니다. 선생님께서 힘든 일이 지나면 반드시 좋은 일이 올 거라고 위로해주시는 겁니다. 실제로 선생님께선 그 사건 이후 문체부 차관을 지내셨고요. 그 이야기를 듣고 정신이 번쩍 났어요."

책을 읽다가 저자가 궁금하면 끈질기게 연락해서 단 30분이라도 직접 만나 이야기했다. 책으로 읽는 것보다 몇 배 더 실감 나는 지식의 교류가 이루어지곤 했다.

"제가 실연당했을 때, 명 선생님이 쓰신 글을 읽었거

든요. 그래서 꼭 뵙고 싶었어요. 그때 제게 해주신 조언이 생각납니다. '실연의 상처를 잊으려면 사랑했던 기간의 반이 필요하다. 그리고 사람이 준 상처는 사람으로 치유된다.' 두 가지가 다 제게 들어맞더군요."

유쾌한 남자 진혁은 호텔에 입사한 사연도 남다르다. 어느 날, 글을 쓰려고 카페에 들어갔는데 저 멀리 해변에 멋진 호텔이 보이더란다. 사천의 N리조트였다. 저런 곳에서 일하면 좋겠다는 생각에 무작정 찾아가서 입사하고 싶다고 졸랐는데 덜컥 허락을 받았다.

2011년에 입사한 그는 4년 만에 지배인으로 승격되었다. 파격이었다. 그가 '나를 찾는 여행'을 하면서 만난 명사들도 종종 묵어가곤 했다. 호텔 측에서는 어떻게 이런 분들을 알고 있나 싶어 놀라워했다. VIP 관리가 중요한 특급 호텔에서 진혁이 고속 승진할 수 있었던 이유 중 하나는 그의 인맥 관리 덕분이다. 황진혁식 인맥 관리 비법은 뭘까?

"별것 없습니다. 때로 문자나 전화하는 것밖에."

별난 일을 별것 아닌 듯 하는 이 청년에게 행복을 물었다. 대답 대신 스마트폰에서 고교 졸업 무렵 사진을 찾아 내민다.

"얼굴이 굳었죠? 예전에는 제가 잘 웃지 않았어요. 웃을 일이 없었거든요. 경제적으로도 어렵고 몸도 아프고 가정에도 힘든 일이 많았습니다. 그런데 나를 찾는 여행을 하던 초창기, 신문에서 절 인터뷰했어요. 나중에 나온 기사를 보니까 알고 보니 나도 괜찮은 사람이라는 생각이 드는 겁니다. 그때부터 나도 좀 웃어야겠다고 생각했습니다."

그날 이후 진혁은 스마일 페이스가 됐다. 잘 웃으니까 좋은 사람들이 모이고, 좋은 사람들이 모이니 좋은 일이 생기더란다. 성악을 전공한 그는 늘 타인의 인생 악보를 보면서 성장했다. 그가 이제는 자신만의 악보를 그려 나가면서 많이 웃길 바란다.

인맥 관리가 진혁에게 많은 것을 선물했겠지만
나는 그의 찬란한 인맥보다 호방한 성품이 더 부럽다.

사모아인에게 배운 것

섬이 좋아 섬을 알리는 사람이 있다. 박재아 님이다. 그의 직함을 보자. 인도네시아 관광청 한국 지사장이자 태평양 관광기구 한국 지사장이다. 여기에 캄보디아, 미얀마, 라오스, 베트남 등 메콩 지역과 관련된 사업도 한다.

대학 졸업 후 첫 직장이 피지 명예 총영사관이었다. 영사관에서 피지 관광도 맡았는데 처음 피지를 다녀오고 나서 마음에 무거운 짐이 생겼단다. 이렇게 아름다운 자연과 순수한 사람들에게 보답하고 싶어서였다고.

피지 관광청이 생기고 13년간 대표를 맡으며 수십

번 피지를 다녀왔다. 한 달에 여러 번 간 적도 있다. 지금은 없어졌지만 직항로가 있을 때는 한 달에 8백여 쌍의 신혼여행 커플이 피지를 다녀갔다. 재아 님은 이들을 위한 고품격 여행 상품을 개발하느라 발이 닳도록 피지를 드나들었다. 그는 일부러 싸구려 패키지 상품을 만들지 않았다. 피지를 제대로 즐기려면 비용을 충분히 지불할 수 있어야 한다고 생각했다. 그가 꿈꾸는 '럭셔리함'은 최고급 숙소와 명품 쇼핑을 의미하지 않는다.

"솔로몬 제도는 다이빙을 하는 사람에게 가장 좋은 곳이에요. 세계 최고의 다이빙 스팟이 있습니다. 이곳을 찾는 다이버에게 숙소는 중요하지 않아요. 제일 좋은 호텔이 3성급입니다. 그러나 산소통을 매고 바다에 들어가는 순간, 지구상에서 가장 고급스럽고 화려한 바다가 펼쳐집니다."

그는 피지 아니면 할 수 없는 체험을 하는, 피지 아니면 만날 수 없는 문화를 접하는, 피지 사람들에게 이익이 되는 여행을 최우선으로 여긴다. 이게 진짜 여행이라고 믿고 있다.

태평양의 섬을 제집 드나들듯 했던 그에게 어디가 제
일 좋냐고 묻지 않을 수 없었다. 자연으로는 타히티를, 문
화로는 사모아를 최고로 꼽았다. 타히티에는 보고만 있
어도 감탄이 나는 곳이 많다고. 이런 섬에서는 그저 아무
일 않고 걷고 먹고 하면 된다. 사모아에는 그곳에 살고 있
는 사람들이 대대손손 만들어낸 삶의 방식이 있다. 지금
까지도 그들은 전통을 지키며 살고 있다.

태평양 열대 섬에는 다국적 자본이 지은 호텔과 리조
트가 많다. 하지만 사모아에는 국제 프랜차이즈 호텔이
거의 없다. 지역 자본이 지은 숙소가 대부분이다. 서구식
자본주의의 영향이 가장 덜한 곳이다. 그곳에서 비행기
로 30분만 가면 미국령 사모아가 나오는데 이곳은 괌과
비슷한 분위기란다. 강대국 사이에서 그들만의 전통을
지켜나가는 사모아인의 모습이 대견하기도 하고 부럽기
도 하다.

사모아는 문신의 기원지다. 지금도 모든 사모아인 남
자가 문신을 한다. 마취도 없이 고래 이빨로 전신에 문신

을 새긴다. 이는 가족을 위해 인생을 바치겠다는 맹세란다. 문신에 그렇게 깊은 뜻이 있었다니. 2021년 여름, 우리나라에서 타투 합법화 문제가 논란이 됐었는데 사모아에선 있을 수 없는 일이다.

이 섬에는 또 '파파피네Fa'afafine'라는 독특한 문화가 있다. 생물학적으로는 남성이지만 여성의 성 정체성을 가진 이들이다. 20만 사모아 인구의 1퍼센트를 넘는다. 이들은 트랜스젠더와 다르다. 스스로의 선택에 의해 파파피네로 살아가는 이들을 사모아 사회는 아무 편견 없이 받아들인다.

"사모아인에겐 누구와도 반목하지 않고 어울려 지낸다는 '파 사모아fa'a Samoa' 정신이 있어요. 남이 나와 다른 것에 대해 뭐라 하지 않아요. 사모아인은 남과 다른 사람이 아니라 남과 나누지 않는 사람을 경시합니다. 남태평양에 가면 우리 상식이 뒤집어져요. 갈 때마다 많이 배우고 돌아오지요. 마음이 넓어지고 포용하게 된달까……. 그래서 좋아요. 한 번 여행하고 돌아오면 한 뼘씩 키가 커요. 문제가 생겨도 '그럴 수 있다'는 생각으로 살지요."

파 사모아 정신. '그럴 수 있지'라는 마음. 우리 한국인에게는 부족하지 않나 싶다. 재아 님이 태평양을 오가며 얻은 가장 큰 재산은 돈도, 경험도 아닌 파 사모아 정신 아닐까? 그 여유 아닐까?

사모아 사회는 피라미드식 계급 구조지만 약자를 보호하고 강자에게 강한 문화가 있다. 음식을 먹을 때도 노인, 여성과 아이들, 남자의 순서로 먹는다. 좋은 건 약자에게 먼저 주기에 거지가 없다. 늙은 부모를 배척하면 사회적 왕따를 당한다.

"물론 문제도 있지요. 파라다이스 수어사이드라고…… 너무 천국 같아서 자살하는 사람도 있어요. 또 이곳은 1년 내내 덥고 습해서 벽이 없는 정자 같은 집에서 살아요. 개인의 프라이버시가 지켜지기 힘들지요. 이런 것 때문에 스트레스 받기도 해요."

세 조직의 장으로서 한 사람이 하기도 힘든 일을 그는 너끈히 해나가고 있다. 원동력이 뭘까? 열대의 섬나라로 여행하자고 부추기는 일이 진짜 재밌단다. 색깔이 다른 나라를 알아가는 재미, 신비한 문화를 보는 재미, 그 문화 속에 사는 사람을 만나는 재미에 그는 푹 빠져 있다. 어떨 때는 일을 하고 있는지 호기심 천국에 와 있는지 헷갈릴 정도란다. 에너지가 넘치고 가만히 못 있는 성격이라 일을 안 하면 우울해질 정도라고.

일 때문에 섬에 갔지만, 이제는 섬이 그를 즐겁게 한다. 섬의 매력은 하나의 완전체로 존재한다는 것에 있다고. 모든 걸 갖고 있는 섬에서 혼자만의 시간을 가질 때 삶의 완전함을 누리는 기분이 든단다.

한번은 배가 뜨지 않아 섬에 갇힌 적도 있었다. 남들은 걱정하고 있을 때 그는 더 좋아했다. 씻을 곳이 없어도 좋았고, 노천에서 잠을 자도 행복했다. 그는 어느새 사모아인의 느긋한 정신을 닮아간 건지도 모른다.

재아 님은 자연을 보존하면서 관광객과 주민 어느 한쪽도 불편하거나 억압받지 않는 여행을 꿈꾼다. 지금도 현지인과 직거래로 여행하고 현지인에게 혜택이 갈 수 있는 코스를 기획하고 있다. 그가 행복을 느낄 때는 언제일까?

"저는 아주 단순하게 삽니다. 아이들과 일이 저에게 가장 중요해요. 아이들과 오래 시간을 보내기 위해 이 일을 합니다. 일찍 일어나 아이들 밥을 챙겨주고 웬만한 일은 집에서 해요. 우선 순위가 균형 있게 지켜질 때 행복한 것 같아요."

심지어 재택근무를 위해 방 안에 따로 '박스'까지 만들어놨다. 한 평짜리 정육면체 구조물 안에 들어가 고3처럼 일을 한단다. 상자 속에서는 세상에서 가장 바쁜 사업가이고, 밖으로 나오는 순간 세상에서 가장 다정한 엄마다. 나는 다음 생에 재아 님 아이로 태어나고 싶다고 말하고야 말았다.

\+

느긋하고 여유로운 마음으로 사업을 할 수 있냐 묻는다면 고개를 들어 재아 님을 보게 하고 싶다.

여행의 명수

"회사 생활을 하다 매너리즘에 빠지는 것 같아 산에 올랐고, 백패킹을 하게 됐습니다. 그러다 카약을 알게 되고 서핑을 배우면서 물과 친해졌지요. 원래 겁이 많고 물에 대한 공포가 심했는데 두려움을 극복하려고 다이빙과 프리 다이빙도 시작했고요."

아웃도어 전문 여행사 '여행의 명수' 김명수 대표는 노는 것에 둘째가라면 서러울 사람이다. 물놀이뿐만 아니라 겨울 레저도 즐긴다. 스키는 수준급이고 스노보드는 강사 자격증까지 있다. 좀 놀아본 사람들은 안다. 놀이에도 급이 있다는 걸. 우리나라에서 등산 초보를 넘어서려면 '코등(코오롱등산학교)'이나 '한등(한국등산학교)' 중 하나쯤은 졸업해야 한다.

"제 최종 학력은 코오롱등산학교 정규반 71기입니다."

내가 29기라 밝히자 그는 해병대 후배 기수라도 되듯 바로 선배님으로 모시겠다며 고개를 숙인다. 남들은 '이게 뭐라고?' 할지 모르지만 우리에겐 아이비리그 박사보다 더 중요한 학벌(!)이다. 나이를 작위처럼 여기는 걸 치작幽爵이라 하는데, 우리는 기수를 작위처럼 여기는 '기작'에 동의했다.

명수 씨는 어려서부터 산에 다녔다. 전주 출신인 그는 아빠 손을 잡고 기린봉을 오르내렸다. 그 추억이 그를 여기까지 오게 했단다. 대학 졸업 후 개발자로 7년을 일했다. 일에 권태를 느낄 때쯤 등산학교 모집 공고를 본 뒤

이거다 싶어 등록했고, 그때부터 전문적으로 산을 탔다. 이후 해외 취업을 하겠다는 목표를 세웠다. 일도 하고 휘슬러에 가서 스키도 탈 생각으로 캐나다 회사에 지원해 취업을 눈앞에 두고 있었다.

이 사실을 알리자 부모님이 반대했다. 외동딸인 그를 캐나다까지 보내기 싫었던 것이다. 해외 취업을 통해 돈을 모아 사업을 하겠다는 그에게, 부모님은 창업 자금을 빌려줄 테니 바로 사업을 해보라 제안했다. 뭘 하면 좋을까 생각하다 《논어》의 한 구절이 생각났단다.

"지지자 불여호지자, 호지자 불여락지자라고. 즐기는 자는 누구도 이길 수 없다고 하잖아요. 그래서 내가 즐기는 일을 해야 성공에 가까울 거라 생각했죠."

한창 백패킹을 할 때여서, 2016년에 '펀투어'라는 여행사를 창업했다가 나중에 자신의 이름을 따서 '여행의 명수'로 바꿨다. 첫 프로그램은 '추자-제주 올레 패키지'다. 추자도 올레길을 걷고 낙조를 본 뒤, 후포 해수욕장에서 캠핑을 한 다음 제주도로 건너와서 한라산을 등반하는 코스였다. 처음이라 욕심을 부렸다. 참가자들은 '좋았지만 힘들었다'는 평가를 내렸다. 다음부터는 난이도에 신경을 썼다.

그 이후로는 한 달에 두 번 이상 팀을 꾸렸고 기대 이상의 호응을 받았다. 재밌고 신나게 일을 했다. 나는 그에게 계절별로 좋은 국내 여행지 하나씩 알려달라고, 영업 비밀을 털어놔 달라고 우겼다.

"봄에는 밀양 벚꽃 캠핑, 여름에는 왕피천계곡 트래킹, 겨울에는 함양 빙벽 코스가 좋아요."

가을은 어떠냐고 물으니 가을에는 우리나라 전역이 좋단다. 계절과 무관한 명수 씨의 '원 픽One Pick'을 대라고 협박(!)하니 울릉도를 꼽는다. 카약을 타고 도는 해안 동굴 코스는 환상이라고.

그러나 여행이 즐겁기만 할까? 고성에서 다이빙하다가 수심 40미터에서 버디를 놓치고 조류에 휩쓸려 어두운 바다 한가운데 미아가 된 적이 있단다. '아, 이러다 죽겠구나' 싶었다고. 간신히 수면 위로 올라왔는데 배가 보이질 않았다. 죽어라 물장구를 치고 있으니까 어느새 배가 다가왔고 다행히 구조됐단다. 그는 배에 오르자마자 탈진해서 다시는 다이빙을 하지 않겠다 맹세했다. 맹세를 지켰느냐고 묻자, 그는 웃으며 금세 다시 물에 들어갔다고 답했다.

남이 보기엔 느긋하게 여행만 다닐 것 같지만, 풍찬노숙이다. 편한 잠자리를 두고 비박을 하거나 씻지 못하고 잠자기 일쑤다. 인터뷰할 당시에 그는 백두대간을 종주 중이었다. 전날 미시령-진부령 16.5킬로미터 코스를 다녀왔단다. 아침 8시부터 오후 6시까지 걸었다고. 암릉과 너덜지대 * 가 교차하는 그곳은 등반하는 사람을 혼냈다 어르다 하는 '밀당의 최고봉' 같은 코스다.

"중간 지점인 신성봉쯤에 이르렀을 때 너무 힘들어 쉬려고 돌아섰는데, 눈 덮은 봉우리들이 합창단처럼 서 있더라고요. 노래라도 하듯 말이죠. 물 한 모금 마시면서 바라보는데, 살아 있어서 참 좋다는 생각이 들었어요."

* 돌이 깔려 있는 산비탈

살아 있어서 참 좋다……. 그렇구나. 행복은 거창한 게 아니구나. 극한의 피로를 겪은 뒤 머리를 쓰다듬으며 위로하는 자연의 손길을 느낀 채 숨 쉴 수 있으니 참 좋다고 느끼는 거구나.

여행의 명수는 행복의 명수다.

+

즐기는 것들을 일상에 놓아둔다면
매 순간이 여행이지 않을까.

당신이 1등이다

가수 정홍일은 2021년, 케이블 TV의 오디션 프로그램인 〈싱어게인〉을 통해서 발굴된 로커다. 말투와 성격이 조용하고 귀티 나기에 '선비 록의 창시자'라는 별명이 붙었다. 그는 최종 심사에서 이승윤과 1위를 다투었다. 심사위원 점수에선 정홍일이 779점, 이승윤이 778점으로 정홍일이 앞서 있었다. 그러나 온라인 투표에서 뒤져 2위에 머물렀다. 그는 한 토크쇼에 나와서 이때의 심정을 밝혔다.

"일찌감치 이승윤 씨가 1등을 할 거라고 생각했다. 그리고 승윤 씨에게도 마음 단단히 먹으라고 말했다. 우승 발표 직전에 내가 승윤을 보며 웃었다. 그 미소는 '네가 1등'이라는 의미였다."

과연 그럴 수 있을까? 나 역시 이승윤의 팬이다. '예술 철학자'라고 불리는 이승윤은 독창적인 곡 해석과 천재적인 선곡 능력, 한번 들으면 잊지 못하는 목소리로 자신만의 장르를 개척한 〈싱어게인〉 최고의 스타다. 누구나 인정하는 샛별이고 숨은 진주다. (심지어 나는 50대 중년의 나이로 머리털 나고 처음으로 팬심을 발휘, 이승윤에게 선물을 보냈다.)

하지만 정홍일은 그의 경쟁자였다. 오디션이라면 누구나 1등을 하길 바란다. 최종 우승자를 가리기 위해 선 무대 위에서, 나와 상대 둘만 있는 그곳에서 '나보다 네가 낫다'며 인정하고 미소 지어줄 수 있을까? 인간은 질투의 동물이다. 고통을 나눌 수 있는 친구는 많아도 영광을 함께할 친구는 적은 법. 내 승리를 진심으로 기뻐해줄 수 있다면 그야말로 진정한 친구다. 발표 때 보여준 미소가 진실이었다면 홍일은 승윤의 진짜 친구다.

정홍일이 가장 존경하는 로커는 로니 제임스 디오 (1942~2010)다. 디오는 최고의 헤비메탈 싱어 중 한 사람으로, 파워 넘치는 창법으로 무대를 사로잡았던 전설적인 가수다. 블랙 사바스와 레인보우의 싱어였고 자신의 이름을 딴 밴드 '디오'를 리드했다.

위암으로 사망하기 직전까지 노래할 정도로 열성적인 로커였던 그는 마약과 방종이 난무하는 록밴드 생활을 하면서 그 흔한 스캔들 한번 없었다. 거기다 매너까지 좋아서 '성직자'란 별명으로 불렸다. 프로젝트 그룹 '히어 앤 에이드Hear'n Aid'를 만들어 아프리카 기아를 돕는 활동을 펼치기도 했다.

아마도 이런 모습이 정홍일의 마음속에 자리 잡았는지도 모른다. 그는 연상의 아내에게 한없이 '스위트한' 모습을 보이며 고상한 품격을 아낌없이 드러내지만, 무대에 서면 카리스마 넘치는 로커로 돌변한다. 어떻게 이게 가능할까? 의문이다.

디오의 대표곡 〈천국과 지옥〉에는 이런 가사가 있다.

진짜인 것 같은데 허구
모든 진실의 순간에는 혼돈이 있다네.

검은 것이 정말 흰 것이라 하고
달이야말로 밤의 태양이라 하겠지.

선비는 사전적 의미로 '학식이 있고 예절이 바르며
의리를 지키는 고결한 인품을 지닌 사람'이다. 자유로운
헤비메탈을 계속 추구하기 위해서라도 반듯하게 살아가
야 한다는 것. 이게 '진짜인 것 같은 허구'가 아닐까.
말투가 곧 그 사람이다. 정홍일은 상냥하고 부드러우
며 종종 새가슴이다. 자신보다 어린 승윤과 무진의 농담
에도 허허 웃으며 받아준다. 이런 대범함이 그를 돋보이
게 한다. 그는 좋은 로커이기 이전에 분명 좋은 사람이다.
아마도 정홍일이 추구하는 인생 길에는 '영광을 잃어도
인간은 잃지 말자'는 모토가 새겨져 있을지도 모른다. 만
약 그를 만난다면 이렇게 말하리라.

"이보시오, 홍일 씨! 비록 〈싱어게인〉에서는 승윤에게 1등을 내줬을지 모르지만 내가 생각하기에 '라이프 어게인'에서는 당신이 1등이오."

김홍신 작가의 행복론

　예전에 라디오를 진행했을 때, 우리나라 최초의 밀리언셀러 작가 김홍신 선생을 초청한 적이 있다. 선생은 《인간시장》이란 소설로 백만 부 넘게 판매되는 초유의 인기를 누렸다. 그는 라디오에서 오래 공들여 쓴 《대발해》라는 장편소설을 귀에 착착 감기게 낭독해주었다.

　백여 권의 책을 쓰고 국회의원도 두 번이나 했던 작가는 어느 날 법륜 스님을 만나 이런 말을 듣는다.

"국회의원 열 번 하는 것보다 더 중요한 게 있다. 잃어버린 우리 발해의 역사를 되찾아오라."

뒤통수를 맞듯 충격을 받은 그는 그날부터 취재를 시작해 원고지 1만 2천 장을 써 내려간다. 그렇게 열 권의 역사 서사시를 완성했다. 선생께 언제 행복하시냐 물었다.

"남들한테는 한 번뿐인 인생 잘 놀라고 해놓고 정작 나는 글 감옥에 갇혀서 조사하고 글 쓰며 삽니다. 아무래도 글 쓸 때, 그 글이 사랑받을 때 행복하지 않겠어요?"

어느 유튜브에서 김 선생은 이렇게 말했다.

굶어보면 안다. 밥이 하늘인 걸.
목마름에 지쳐보면 안다. 물이 생명인 걸.
코 막히면 안다. 숨 쉬는 것만도 행복인 걸.
일이 없어 놀아보면 안다. 일터가 낙원인 걸.
아파보면 안다. 건강이 엄청 큰 재산인 걸.

맞다. 소소한 게 행복이다. '소소하지만 확실한 행복'
이라 해서 '소확행'이란 유행어도 생겼다. 나는 '소소한 게
확실한 행복'이라고 조사를 살짝 바꾸고 싶다.

만나보면 누구나 '돈, 돈, 돈' 한다. 아파트에 주식에
비트코인에 정신이 없다. 하지만 수조 원을 가진 부자도
불안에 잠 못 이루고, 지갑에 5만 원짜리 한 장만 있어도
뿌듯한 게 사람이다. 무엇이 소소한 행복인가. 밥 굶지 않
고 잠 잘 자고 화장실 가서 볼일 잘 보고 아프지 않으면
충분히 행복할 수 있다.

코로나 사태는 확진자 숫자만으로 우리를 불행하게
도 만들고 행복하게도 한다. 아이가 독일에서 유학 중인
나는, 매일 독일의 코로나 확진자 수에 울고 웃는다. 어제
보다 줄면 기쁘고 어제보다 늘면 불안하다. 일주일에 한
두 번 연락을 주고받으면서 아들 녀석이 별일 없다고 하
면 그렇게 안심일 수가 없다.

며칠 전에 "열이 좀 난다"는 말을 듣고 가슴이 철렁했
다. 하루 확진자가 2천 명을 넘던 때였다. 하루하루 전전
긍긍했다. 영상통화 속 아이는 기운 없이 누워 있었다. 나

도 추락하는 느낌이 들고 말았다. 사흘 뒤, 아들은 밝은 목소리로 "그냥 몸살이었나 봐요. 이제 괜찮아요" 라며 전했다. 그 말 한마디에 얼마나 안심이 되던지.

그전에는 대화의 주제가 "시험은 잘 봤냐" "수업은 잘 받았냐" "준비는 잘하고 있냐" 하는 것들이었다. 지금은 다 필요 없다. 별일이 있어야 좋았던 나날이 가고, 별일 없음이 다행인 시간이 왔다.

우리는 이미 행복할 수 있는 조건을 갖고 있다. 우리가 알지 못할 뿐이다. 나는 종교가 없지만, 내가 신이라면 좋은 걸 다 주었는데도 만족할 줄 모르는 인간을 보며 한심하다는 생각밖에 들지 않을 것 같다.

오늘 나는 가평의 한 휴양림 산자락에 와 있다. 호흡할 때마다 피톤치드 향이 폐를 상쾌하게 적신다. 기분이 좋아진다. 산책로 벤치에 앉아 나는 두 손을 모으고 어떤 절대자에게 기도한다.

'감사합니다. 건강하게 걸을 수 있게 해주셔서.'

이기적인 행복

지인인 문광기 님은 명문대 경영학 석사를 따고 대기업에 취직했다. 키가 180센티미터 정도 되는 호남에 잘 웃는 남자였다. 성격도 원만해서 누구와도 친구가 되는 이였다. 멋진 여자친구도 있었다. 그야말로 행복할 수 있는 완벽한 조건을 갖추고 있는 것 같았다.

신입 3년 차 되던 해, 그는 중국으로 배낭여행을 떠났다. 어느 날 갑자기 몸살이 났다. 숙소에 누워 끙끙대던 그를 돌봐준 건 낯선 미국인 친구 기욤이었다. 덕분에 빠르게 쾌차한 그는 기욤의 직업이 간호사라는 사실을 알고 깜짝 놀랐다. 2000년대 초반에는 남자 간호사가 흔치 않았다. 더 놀란 건 기욤이 자기 생활에 너무 만족해하는 것 같아서였다. 기욤의 모습은 그의 뇌리에 내내 남아 있었다. 서울로 돌아온 후 업무를 하면서도 그 친구를 잊을 수 없었다.

명문대 MBA 출신에 수백 대 일의 경쟁을 뚫고 얻어낸 대기업 사원이라는 직위, 멋진 여자친구와 고액의 연봉까지. 가족은 그를 자랑스러워했고 친구들은 그를 부러워했다. 남들은 모두 광기 님이 행복할 것이라 여겼다. 하지만 정작 본인은 행복하지 않았다.

"해외여행을 하면서 외국인과 대화하다 보면 그들은 어떻게 행복하게 살 수 있을지 고민을 많이 해요. 그런데 우리나라 남자들은 자기 행복에 대해 이야기하지 않습니다."

광기 님은 스스로 질문했다. "너 지금 행복하니?" 수없이 이 질문을 반복하면서 새로운 길을 모색했다. 자신이 진정 원하는 길은 회사원의 삶이 아니었다. 섬세한 손길과 세심한 마음으로 아픈 사람을 돌보는 간호사의 여정이었다.

한국 중년은 누구의 행복에 대해 말하는가? 아이들의 행복, 배우자의 행복, 부모의 행복, 나아가 형제의 행복을 이야기한다. 사회 선배인 이종태 선생이 1박 2일의 워크숍에서 했던 말이 떠오른다. 60대 초반의 가장인 그는 부모님, 아내, 두 딸 그리고 여동생 둘, 남동생 하나. 이렇게 8명을 책임지고 있다고 했다.

그는 좋은 남편이 되고 싶고 부모님에게 여전히 효자이길 원한다. 훌륭한 아빠, 기대고 싶은 오빠, 든든한 형이 되고 싶다. 부산 지역에서 자영업을 하는 그는 매달 이 여덟 사람을 위해 수백만 원을 쓴다. 하지만 자신에게는 무엇을 해주고 있나? 그는 골프도 안 치고 외식도 잘 안 한다. 자신을 위해 따로 쓰는 용돈도 거의 없다. 이 선생은 전형적인 가장, 모범적이고 성실한 대한민국 중년이다. 그러나 그가 가장 먼저 되어야 할 것은 '행복한 나'다.

그에게 광기 님의 이야기를 들려주고 싶었다. 광기

님은 자신의 행복을 찾고 싶어 대기업에 사표를 냈다. 고민하고 체념하고 수없이 궁리해봤지만, 계속 회사에 다니는 건 불가능하다고 결론지었다. 이 과정에서 애인은 그를 떠났고, 친구들은 그를 말렸으며, 부모님은 반대했다. 누이만이 그를 깊이 이해하고 지지해주었다.

사표를 내기 전까지 그는 남들이 좋아하는 모습으로 살고 있었다. 더 이상 그렇게 삶을 지속할 수는 없었다. 광기 님은 모험을 선택했고 20대 후반의 나이에 간호대에 편입해 새로운 삶을 시작했다.

내가 광기 님을 만난 건 그가 간호사가 되고 10년쯤 지났을 때다. 그때 그는 국내 굴지의 종합병원 베테랑 간호사로 멋지게 살아가고 있었다. 당신의 선택에 후회는 없느냐고 물었을 때 그는 이렇게 답했다.

"전혀 후회 없어요. 만약 내가 아직 대기업에 있었으면 피곤한 팀장으로 남아 있었을 겁니다. 하기 싫은 일을 하고 부하들에게 잔소리하면서. 그 생각만 하면 소름이 돋아요. 간호사 되길 잘한 것 같아요. 남자 간호사의 길이 얼마나 멋진지 많은 사람에게 알리고 싶어요."

광기 님은 결국 자신의 이야기를 책으로 펴내 많은 간호사 지망생에게 영감을 주었다. 나만의 길을 간다는 건 어렵다. 타인의 행복을 배신해야 하기 때문이다. 그러나 내가 행복하지 않고 남을 행복하게 해줄 수는 없다. 나의 행복이 우선이다. 그게 이기적인 행복이라 불려도 좋다. 다른 이들에게 피해를 주는 게 아니라면.

여덟의 인생을 어깨에 짊어지고 오늘도 힘겹게 발걸음을 옮기는 이 선생께 이제는 그 짐을 벗고 당신만의 행복을 찾아 길을 떠나라 종용하고 싶다.

당신의 쟁기를 내려놓아라

모 출판사로부터 어린이를 위한 신약성경 풀이를 써 달라는 부탁을 받았다. 그 덕에 먼지를 뒤집어쓰고 있던 성경책을 다시 펼쳤다. (나는 기독교인이 아니다. 내가 성경을 인용할 때 그 가치는 불경이나 논어와 마찬가지다.)

어느 날, 한 대목에서 나는 책을 떨어뜨릴 뻔했다.

다른 사람이 가로되 주여 내가 주를 좇겠나이다마는 나로 먼저 내 가족을 작별케 허락하소서.

예수께서 이르시되 손에 쟁기를 잡고 뒤를 돌아보는 자는

하나님의 나라에 합당치 아니하니라 하시니라.[*]

이 대목을 읽을 때 내 손에는 쟁기가 들려 있었다. 나는 자꾸 뒤돌아보고 있었다. 하나님 나라에 합당치 않은 사람이었다. 하나님 나라란 무엇인가? 인간이 추구해야 할 이상이다. 돈키호테가 꿈꾸는 기사도이자 〈싱어게인〉 이승윤의 음악이며 체 게바라의 세계 혁명이다. 내게 하나님 나라는 내가 꼭 써야 할 글을 쓰는 행위다. 하나님 나라는 공간이 아니라 행동의 개념이다. 우리가 진정 원하는 무엇을 할 때 우리는 그 나라에 있다.

그런데 내 일과는 어떤가? 어떤 날은 대출과 관련된 행정 처리에 몇 시간을 보낸다. 시시한 잡문을 쓰느라 머리를 싸매고 있다. 한 번의 강의에 여섯 가지나 되는 서류를 요구하는 모 기관의 규정을 따르느라 반나절을 보낸다. 허상일 뿐인 '좋아요'와 '구독'을 늘리기 위해 페이스북과 유튜브를 붙잡고 하루를 보낸다. 이런저런 지인의 부탁을 들어주려고 여기저기 전화를 돌린다. 가족과 친

[*] 누가복음 9장 61, 62절

지의 소소한 부탁, 애경사를 챙기느라 주말을 쓴다. 이 모든 게 내게는 쟁기다.

그뿐인가? 3년 전에 내게 상처 준 사람을 아직 잊지 못하고 여전히 '어떻게 그에게 복수할까'를 모색 중이다. 1년 전에 나를 무시한 이를 아직도 되새기고 있다. 얼마 전에 나와 통화하다 소리 지른 후배와의 20년 인연을 끊으려 벼르고 있다. 이렇게 난 자꾸 '뒤돌아보고' 있다. 누가복음에서 말한 '뒤돌아본다'는 건 행위가 아니라 마음이다. 태도와 자세의 문제다.

예수께서 말씀하신다. 쟁기를 잡고 뒤돌아보는 자는 하나님 나라에 못 들어간다고. 눈앞의 소소한 이익에 얽매인 자, 과거에서 한 치도 벗어나지 못하는 사람, 하루에도 수십 번 변하는 마음을 부여잡고 끙끙대는 이는 천국에 갈 수 없다!

빈센트 반 고흐를 보자. 그 또한 쟁기를 들고 땅을 파야 했고 뒤돌아보기도 했다. 여느 남자와 마찬가지로 부모의 기대나 연인의 기댐을 받았다. 화랑에 다니며 봉급을 받기도 했고 신학 공부를 하며 전도사 활동을 하기도 했다. 가정을 꾸리고 가장 노릇을 할 수도 있었고 직장 생활을 계속할 수도 있었다. 하지만 전업 작가가 되기로 결심한 뒤 늘 극심한 가난에 시달렸고 견딜 수 없는 외로움에 몸부림쳤다.

고흐는 불행하게 살았다. 가난해서 사랑도 잃고 친구도 떠났다. 유일한 지지자였던 동생 테오가 매달 생활비를 보내왔지만 동생이 자기를 부담스러워할까 봐, 그래서 우애에 금이 갈까 봐 노심초사했다. 자존심 하나로 사는 예술가가 자존감의 바닥으로 너무 자주 떨어졌다.

하지만 고흐에겐 그림이 있었다. 그림을 너무 사랑했기에 그림 이외의 어떤 것에도 주의를 빼앗기고 싶지 않다고 했다. 사람과 사물을 관찰할 때, 구도를 잡을 때, 스케치할 때, 색을 입힐 때 그는 행복했다. 그림을 그리는 순간 고흐는 이미 하나님 나라에 있었다. 고흐가 쟁기를 들고 밭이나 다듬고 있었다면, 자꾸 뒤를 돌아보면서 못 이룬 현실에 미련이나 두고 있었다면 〈별이 빛나는 밤〉이나 〈꽃이 활짝 핀 아몬드 나무〉 같은 걸작은 없었으리라.

2017년, 암스테르담 반 고흐 박물관 2층 계단에서 아몬드 나무 그림을 보고 나는 눈물이 났다. 그의 불행 때문이었다. 고독과 오해와 광기, 그리고 무엇보다 가난이 그를 얼마나 힘들게 했는지 느껴졌기 때문이었다.

박물관 기념품점에서 아들에게 줄 필통을 하나 샀다. 선물로 주니 아이가 너무 좋아했다. 그 모습을 보면서 나는 깨달았다. 고흐야말로 쟁기를 버리고 뒤를 돌아보지 않음으로써 영원의 세계에 들어가게 되었다고. 전 세계의 수천만 명이 그 박물관을 찾아 고흐의 숨결과 예술을 느끼고 돌아가는 모습, 그의 그림이 새겨진 기념품 하나를 받고 기뻐하는 모습이야말로 고흐의 나라가 헛되지 않았다는 방증이다.

+

언제까지 쟁기를 붙들고 있을 건가.
언제까지 뒤를 돌아볼 건가.
나도 이제 쟁기를 내던지고 앞만 바라보련다.

새는 바가지는 놔두자

"사람은 능력보다 자기 주제를 아는 게 중요해!"

드라마 〈발리에서 생긴 일〉 주인공 재민(조인성 분)의 아버지 강 회장(김인태 분)이 한 말이다. 재벌의 처세술이자 좌우명이기도 하다. 드라마가 방영된 2004년에 처음 이 대사를 들었을 때는 코웃음을 쳤다. 그런데 나이가 들어갈수록 저 대사가 나를 친다.

인간도 동물인지라 서열에 민감하다. 그런데 서열이

높으면서 그 서열을 누리려 할수록 하수이고, 서열이 없는 것처럼 행동할수록 고수다.

이런 일이 있었다. 고등학교 후배 C가 PD가 됐다. 한국에서 고교 선후배라면 막역한 사이다. 최소한 그렇게 보인다. 10년 차쯤일 때, 그는 내게 "선배님, 선배님" 했다. 몇 년 뒤에 간부가 된 그를 다시 만났다. 그것도 내 프로그램 담당자로. 이제 그가 나를 부르는 호칭은 이렇게 변한다.

"명로진 씨."

나는 겉으로는 "아! 예, PD님"이라고 하지만 속으로는 '많이 컸다'라고 느낀다. C는 자신의 서열을 확실히 하려는 듯 나를 막 대하기 시작한다. 핀잔하고, 뒤에서 날욕하고, 비난했다. 이 모든 이야기가 나와 친한 후배를 통해 내 귀에 들어왔다.

그만두려 했다. 그런데 그때 아이가 유학 중이었다. 한 달에 수백만 원씩 까먹고 있었다. 아내는 전업주부였다. 출연료는 상당했고, 내가 낸 책은 연달아 세 권이나 죽을 쑤고 있었다. 난 이른바 '돈도 없고 가오도 없는' 상태였다. 나를 무시하고 우습게 보는 그를 견디면서 자기혐오에 빠지기도 했다. 내가 행복하지 않으니 아내나 아들에게도 친절할 수가 없었다. 그때 바로 그만두었어야 했다.

나를 막 대하던 C는 제 성격을 못 이겨 붉으락푸르락 하더니 결국 개편 때 내게 해고를 통고했다. 그러고는 고분고분한 진행자를 골라 앉혔다. 막막했다. 나에 대한 대우 따위는 참을 수 있었다. 당장 수입이 끊기는 게 문제였다. 친구에게 이야기하니 뼈아픈 답이 돌아왔다.

"PD가 갑질하고 싶으면 좀 받아줘야지. 네가 너무 뻣뻣했던 거 아니야?"

맞다. 내가 잘못했다. 비위를 잘 맞춰주며 아부도 하고 그랬어야 했다. 누굴 탓하랴! 이런 되새김질이 날 더 힘들게 했다. 내가 좀 부드럽게 대했으면 좋았을걸. 낮은 자세로 그를 추켜세워 주었으면 좋았을걸. 내가 더 잘할걸. 그런데 1년이 지나서 친한 후배가 소식을 전해줬다.

"형, 그 C 있잖아요? 다른 진행자와 또 마찰이 생겨서 결국 휴직했어요. 누구와 일해도 잡음이 생기니까 방송국에서 잠시 쉬라고 권고했다네요. 집에서 새는 바가지 밖에서 새는 거지요."

그랬구나. 새는 바가지는 그냥 놔두어도 어디서든 새게 되어 있구나. 속이 후련했다. 그러니까 있을 때 좀 잘하지. 그런데 또다시 1년이 지난 지금, 왜 그런 시시한 인간 때문에 마음고생을 했나 싶은 생각이 든다. 내 소중한 시간을, 내 귀한 머리를, 내 하나밖에 없는 에너지를 왜 그를 미워하는 데 썼을까?

만약 내가 이세돌이나 이창호 같은 천재와 바둑을 두었다 치자. 그럼 지더라도 그들과 복기를 하며 한 판의 바둑을 마무리하리라. 그런데 버릇없고 실력도 없는 동네 양아치가 나와 바둑을 두자 했다면, 굳이 그와 복기까지 할 필요가 있을까? 바둑이 끝나면 조용히 일어나 다시 생각하지 않으면 그만이다. 양아치의 말이나 행동이 감히 내 마음의 평화를 흐트러뜨리지 않도록 하면 그만이다.

부정적인 에너지를 쏟는 것도 노력이고 관심이다.
노력과 관심을 아낄 줄 알아야겠다.

작은 섬이
천국이 될 때

영종도에 혼자 이사 와서 살게 되었다. 개인적인 이유 때문인데 거기엔 경제적인 것도 포함된다. 수도권에서 가장 저렴한 원룸을 구해야 했다. 이사 온 날 밤에는 눈물이 났다. 누군가 농담으로 《자산어보》라도 쓰라고 했는데 정말 유배 온 심정이 되어 우울했다. 며칠 동안 너무 외롭고 쓸쓸했다. 어쩌다 이런 신세가 됐나 자책했다.

해가 지면 썰렁하기가 사막 같았다. 편의점 말고는 변변한 생활시설도 마련되어 있지 않았다. 상가의 반 이상은 비어 있었다. 여기저기 공사 중인 아파트 단지는 유령도시처럼 어른거렸다. 공항철도가 있지만, 역까지 가는 마을버스는 40분에 한 대이니 시간 맞추기가 어려웠고 걸어가기엔 멀었다. 친구를 오라고 하기에도 너무 외졌고, 내가 나가기에도 번거로운 곳이었다.

게다가 한 번 지나갈 때마다 톨게이트 비용 3천 3백 원(원래는 6천 6백 원이지만 내 차는 경차)을 내야 했다. 왕복이면 6천 6백 원을 부담해야 하니, 한 달에 스무 번 정도 서울에 일이 있을 때 13만 2천 원을 길 위에 버려야 했다.

'서른, 잔치는 끝났다'라고 어느 시인이 노래했던가. 쉰이 넘어 나는 생의 파티가 끝났음을 절감했다. 여러모로 기분이 울적해진 나는 맥주를 마시며 TV를 켰다. 〈싱어게인〉이나 보자는 생각이었다. 그때였다. 어디선가 왁자지껄하는 소리가 들렸다. 무슨 일이 있나? 어디서 싸움이 났나? 심심했던 나는 1층으로 내려가 봤다.

편의점 앞 네 개의 테이블이 젊은이들로 꽉 차 있었다. 아하, 오늘은 금요일이었다. 이 건물에 사는 이들이 나름대로 불금을 보내고 있었다. 뭐가 그리 재미있는지 서로의 어깨를 치며 이야기를 나누었다. 상쾌한 웃음소리가 퍼졌다.

"다들 어디 있었던 거야?"

이렇게 소리라도 지르고 싶었다. 어디 슬쩍 끼어 앉고 싶었지만 오늘은 그저 보는 것만으로도 좋았다. 편의점에 들어가 허브 닭가슴살과 매운 진라면을 하나 사 들고 천천히 걸어 나오면서, 야외 나무 테이블과 의자에 앉아 담소하는 그들을 보니 나도 모르게 입꼬리가 올라갔다. 마치 어떤 밝고 깨끗한 에너지가 전해지는 듯했다. 여기에도 사람이 있었다. 흑산도에도 사람이 살듯이.

다음 날, 원룸 주위를 살펴보니 얕은 산으로 이어진 산책로가 나왔다. 산책로를 조금 걷다 보니 꽤 넓은 잔디밭이 펼쳐졌다. 중간중간 이팝나무 아래 놓인 벤치가 고즈넉했다. 한쪽엔 구리지 않은(!) 공용 체육 시설이 있었고 잘 정돈된 길이 산으로 이어졌다. 20분쯤 더 가니 역시 또 다른 아담한 정원이 나타났다. 걷기 적당한 완만한 산속 길로 전나무가 이어지고 아카시아 향이 만연했다.

40분 동안 걸으며 한두 사람하고만 마주쳤을 정도로 한
적했다.

'서울이었으면 40분 동안 4백 명을 마주쳤을 텐데. 여
긴 너무 좋은걸?'

기분이 좋아 콧노래까지 흥얼거리며 돌아오다 이런
생각이 들었다. 너무 좋다고? 엊그제는 사람이 없어 유령
도시 같다고 하지 않았나? 파티가 끝난 인생을 한탄하지
않았나? 샤워하고 베란다에 서니 아까 걸었던 산이 보였
다. 심지어 마운틴 뷰다. 그러고 보니 공기가 맑았다. 그
순간 갈매기 몇 마리가 날아갔다. 베란다에서 보이는 새
가 비둘기가 아니라 갈매기라니! 이런 멋진 곳이 있나.
오후에는 역 근처까지 걸어가 봤다. 앱 지도에는 1킬
로미터라고 되어 있었는데 그리 멀지 않았다. 커다란 할
인 마트가 있었고, 뭐든 다 있다는 상점도 있었다. 내가 좋
아하는 점심 메뉴는 짜장면인데, 걸어서 갈 수 있는 중국
집이 세 곳이나 된다. 심지어 가까운 곳에 영화관도 있다!

갑자기 영종도가 좋아지기 시작했다. 서울역에서 차를 타면 40분, 공항철도로 역시 40여 분이면 도착한다. 얼마나 가까운가. 서울역에서 분당이나 일산까지 가려면 1시간이 넘게 걸린다. 영종도는 인구밀도도 낮다. 2020년 12월 기준으로 서울의 동작구 같은 곳은 인구밀도가 2만 3천이 넘지만 영종도의 인구밀도는 894다. 그러니 얼마나 한가한가. 녹지와 공원이 많아 쾌적하다. 바닷바람이 불어 늘 공기가 신선하다.

섬은 섬이되 다리가 있어 고립과 연결 모두를 취할 수 있다. 보기 싫은 사람이 서울로 오라고 하면 지금 영종도에 있어 나가기 어렵다며 퉁치면 되고, 보고 싶은 사람이 서울로 오라고 하면 공항철도로 40분이면 간다며 득달같이 달려갈 수 있다. 내가 사는 곳에서 차로 15분이면 해수욕장이 세 곳이나 있다.

톨게이트 비용? 이처럼 아름다운 곳에 들어오는 입장료쯤으로 생각하게 됐다. 극장 한 번 가는 것도 만 원이 넘고 놀이공원 입장료는 몇만 원이나 한다. 거기에 비하면 영종도 입장료는 비싼 게 아니다. (주민에게는 할인해 주는 게 맞다 싶지만.)

이탈리아 사람들은 좋은 것, 사랑하는 것에 '나의' '나에게 속하는'이라는 의미의 소유 형용사 'mio' 혹은 'mia'를 붙인다. 영종도에서 산 지 한 달 만에 이곳은 '내 영종도'가 되었다. 내 마음 하나를 바꾸니 오지가 천국이 되었다.

\+

먼 것 같았던 곳도 걸어보니 갈 만했다.
유배지 같았던 곳도 살아보니 살 만했다.
볼품없는 나도 사랑하니 사랑할 만하다.

선생을 오래 하다 보면

맹자는 이렇게 말했다.

"선생 노릇을 하기 좋아하는 게 사람들의 병이다."

그런데 또 맹자는 군자의 즐거움 중 하나로 천하의 영재를 얻어 가르치는 것을 꼽았다. 가르치는 즐거움과 병이 되는 노릇 사이의 줄타기가 선생의 고민이다.

고전 이야기를 하려는 게 아니다. 나 역시 15년 동안 누군가를 가르쳐왔기에 이제는 '선생'이라는 자리를 잘

파헤쳐보고 싶다. 사교육 시장에서 글쓰기와 고전 강의를 해왔고 대학에서 인문학 강의를 했다. 전국을 돌며 천여 회의 특강을 하기도 했다. 이런 경력이 든든한 수입으로 이어졌고 오늘의 나를 만들었다.

그 와중에 보람이 될 만한 일도 있었다. 내게 배운 분들이 베스트셀러를 쓴다든가, 공모전에 당선된다든가 해서 소식을 전하면 그렇게 기분 좋을 수 없었다. 이래서 선생을 하는구나 싶기도 했다. 가장 흥미로웠던 기억은 수업을 들었던 두 남녀가 연락해왔을 때다.

"저희 결혼합니다. 주례를 부탁드려도 될까요?"

놀랍고 기뻤지만 한편으로는 '내가 벌써 주례를 선다고? 말도 안 돼'라는 생각도 들었다. 하여간 내 주례로 결혼한 둘은 아이를 낳고 잘 살고 있다.

당연한 이야기지만 아무나 선생을 해선 안 된다. 극단적으로 나는 예수와 석가, 공자와 맹자 정도 되는 인격이어야 선생을 지속할 수 있다고 믿는다.

왜? 선생을 오래 하면 영혼은 반드시 썩게 되어 있다. 선생이 되면 어딜 가든 사람들이 대접해준다. 어떤 곳에서 나를 대접해주지 않으면 자존심이 상한다. 타인의 대접을 당연하다고 받아들이는 순간부터 우리 영혼은 꼬이기 시작한다.

선생이 되면 사람들이 내 이야기를 경청해준다. 이게 독이다. 글쓰기 수강생을 처음으로 받았던 15년 전, 양평으로 1박 2일의 워크숍을 갔다. 20대 초반부터 40대 초반까지 젊고 명랑한 남녀 20명이 모였으니 얼마나 발랄했는지 모른다. 저녁을 먹고 이런저런 담소를 나누는데 내가 입을 열었다.

"우리가 오면서 봤던 양수리 말이야……."

삼삼오오 이야기를 나누던 수강생이 일시에 침묵하면서 내 쪽으로 시선을 돌렸다. 이때 나는 뒤통수를 도끼로 맞은 듯한 충격을 받았다.

'그냥 우스개나 한마디 하려고 했는데 이렇게 집중하다니……. 말조심해야겠다.'

등골이 서늘해지면서 농담이 아닌 진지한 이야기를 하고 말았다. 영혼 부패의 시작이다. 깨달음은 순간일 뿐, 나는 이후에도 시시한 농담으로 좌중을 썰렁하게 만들곤 했다. 수강생들이 웃어주니 내 유머가 먹힌 것으로 착각했다. 이건 정말 조심해야 한다.

한번은 지인들과 담소를 나누고 있는데 흰머리의 K선생이 개량 한복을 입고 왔다. 나만 빼고 거기 있는 사람 모두가 그에게 배웠다고 한다. 내 또래였던 K선생이 웃기지도 않는 개그를 하는데 사람들이 다 웃었다. 난 하나도 안 웃긴데……. 내 모습이 저랬겠구나 싶어 이때는 정말 소름이 돋았다.

팀장이 개그할 때 팀원들은 웃고, 교수가 농담하면 학생들이 웃는다. 이건 진짜 웃겨서 그런 게 아니다. 예의상 웃어주는 거다. 상사한테 찍히지 않으려고, 교수한테 점수 좀 잘 받으려고. 예의인 줄 모르고 되지도 않는 에피

소드를 남발했던 지난날을 사과한다. 들어준 수강생분들에게.

며칠 전, 나를 깨우친 또 하나의 사건이 있었다. 이야기하다 보니 후배 친구가 내 수강생이었다. 나는 자연스럽게 말했다.

"어? 그 친구 내 제자인데?"

이야기 중 언급된 또 다른 이 역시 내게 배운 사람이었다.

"야, 걔도 내 제자야."

똑 부러지게 말 잘하는 후배가 내게 이렇게 말했다.

"형, 그 제자라는 소리가 좀 거슬린다. 왠지 서당 훈장이 하는 소리 같아."
"그럼 제자를 제자라고 하지 뭐라고 해?"

"제자는 제자들이 자기를 부를 때 하는 말 아닌가?
그 사람들도 형을 선생으로 여겨?"

"그렇지…… 않을까?"

"그건 형 생각이고……. 제자라 하지 말고 그냥 '같이
공부했던 사람'이라고 불러."

나는 그때 정말 행복했다. 나를 깨우쳐주는 사람이
여전히 곁에 있다는 사실 때문에.

+

지금까지 내가 제자라고 불렀던 모든 분들,
앞으로는 '같이 공부했던 사람'이라고 부르겠습니다.

유보해선 안 되는 것들

"공항 면세점에 가면 다 있어요."

여행하다 보면 종종 현지 가이드에게 이런 말을 듣는다. 어쩌다 보니 육대주를 모두 돌아보았는데 여유가 있어서 한 여행이 아니라 대부분 촬영이나 취재차 한 비즈니스 여행이었다.

오래전, 튀니지 남서쪽을 여행한 적이 있다. 그곳에 사는 투아레그족과 함께 사막에서 밤을 지새우고 텐트에서 잠을 잤다. 아침을 먹고 나니 투아레그 여인들이 조잡한 기념품을 펼쳐놓았다. 아이에게 꼭 맞을 것 같은 색동 모자가 마음에 들었다. 하나 사고 싶었다. 흥정을 하는데 가이드가 면세점에 다 있다며 일정을 재촉했다. 여행을 마치고 공항에 가보니 그 어디에도 투아레그 색동 모자는 없었다.

멕시코 치와와의 시장에서도 그랬다. 청동기에 새겨진 아즈텍 달력이 예쁘장했다. 하나 사고 싶었는데 여행을 많이 해봤다는 일행 중 한 사람이 "시내 상가에서 사면 더 싸다"며 구입을 만류했다. 그런데 촬영이 지연되는 바람에 시내 상가는 들르지도 못하고 다음 행선지로 향해야 했다.

몇 번 이런 일을 겪고 나서 정말 마음에 드는 것은 눈에 보일 때 사야 한다는 원칙을 세웠다. 남아프리카공화국 부시맨이 만든 파도 소리 나는 악기도, 핀란드 로마니 에미의 산타 모자도, 아마존 오지의 에코백도 모두 그렇게 구입했다. 마음에 드는 물건이 눈에 띄고 돈을 지불하기까지 1분을 넘기지 않았다. 흥정은 하되 신속이 목적이었다. 일정은 바쁘고 촬영은 늦어지고 할 일도 많은데, 원주민 상인과 우리 돈 2~3천 원 깎자고 시간을 낭비할 수 없었다.

그렇게 산 기념품은 아이를 즐겁게 했고, 새로 이사한 아파트 거실을 장식했다. 혼자 가만히 들여다보면 여행의 추억이 떠올라 미소 짓기도 했다. 기껏해야 1~2만 원이고 5만 원 넘는 것은 거의 없다. 그 정도 값어치는 하고도 남는다.

행복은 여행 기념품 같은 것 아닐까? 지금 여기서 그걸 사지 않으면 어디에서도 구할 수 없다. 남들이 아무리 면세점에 다 있다고 해도 믿어선 안 된다. 이거다 싶을 때는 지체 말고 손에 쥐어야 한다.

지금 홈쇼핑 채널에서 꼭 필요한(필요하다고 생각하고 있는) 리클라이너 모션 베드가 나오고 있다. 이거다 싶다. 저걸 구입하지 않으면 난 말과 행동이 다른 사람이 되고 만다. 그런데 왜 눈물이 나려 하는 건지.

환경의 중요성

～～～

　혼자 작업을 하다 보니, 글 쓰는 공간이 굉장히 중요하다. 첫 집필실은 동대문역 근처였다. 여름엔 덥고 겨울엔 추운 열악한 곳이었다. 두 번째는 마포구 노고산동. 몇 년 일하다 망해서 나왔다. 얼마 뒤 홍대 앞에 세 번째 집필실을 얻어 10년 동안 괜찮게 작업하다 다시 집으로 들어왔다.

　거주와 업무 공간이 일치한다는 건 장점과 단점이 명확하다. 출퇴근 시간이 없다는 장점이 있지만, 찌개 냄새와 아이 울음소리를 화상회의 중간에 견뎌야 한다는 단점이 있다. 나는 아이가 다 컸지만, 그럼에도 먹고 자는 곳에서 일하는 게 억울해서 종종 원고와 자료를 싸 들고 떠나곤 한다.

최근 3년 동안 두어 달에 한 번씩 제주도에 다녀왔다. 육지를 떠나는 순간 땅과 연관된 모든 고민도 함께 내려 놓았다. 대출금, 병상의 어머니, 밀린 임대료, 엊그제 망친 미팅…… . 왕복 4만 원 이내의 저가 항공을 타고 서귀포 게스트 하우스로 날아가 작업을 했다. 장소가 바뀌니 일이 잘됐다. 아이디어가 솟고 막혔던 글이 풀렸다. 나는 이런 경험을 하도 해서 제주도행을 망설이지 않는다. 막다른 골목에 다다른 듯 하루쯤 끙끙댈 때면 망설이지 않고 다음 날 출발하는 제주행 항공권을 끊는다.

그렇게 몇 권의 책을 제주에서 썼다. 어떤 책의 서문은 한라 수목원에서 썼고, 어떤 책의 마무리는 애월 바닷가에서 지었으며, 또 다른 책의 본문은 산방산을 바라보며 수정했다. 이건 팔자 좋은 작가의 럭셔리한 일과가 아니다. 야자수와 푸른 바다를 눈앞에 두고 온종일 글을 쓰는 것은 행복하면서도 고통스러운 일이다. 창작의 고통이 아니다. 놀러 가지 못하는 고통이다.

　어느 해 여름에는 계획을 세웠다. 오전 4시간 동안 글을 쓰고, 오후 4시간 동안 바다에 가서 놀고 돌아와 다시 1시간 정도 수정한다. 이렇게 계획을 세우니 오전 작업이 즐거웠다. 점심 먹고 놀러 나갈 수 있으니까! 물을 좋아하는 나는 스노클링을 즐긴다. 속도를 내 집필하고, 점심을 먹고 나면 바다에 나가 물놀이를 했다. 숙소로 돌아와 샤워하고 저녁을 먹고 나서 오전 작업분을 다시 보며 고쳤다. 이런 시간표가 내게는 너무 잘 맞았다. 최상의 '워라밸'이랄까?

　사람은 환경의 영향을 받는다. 내가 어디 있는지가 중요하다. 기산 김준근이란 화가를 아는가? 그는 조선 시대 풍속화가 중 해외 박물관에 가장 많은 작품이 소장된 사람이다. 단원 김홍도도, 혜원 신윤복도 아니고, 기산 김준근이라고? 웬만한 미술 애호가들도 이름을 들으면 고개를 갸웃거릴 정도다. 언제 태어나서 언제 사망했는지도 알 수 없다. 19세기 중엽에 활동했을 것이라고 짐작할 뿐이다.

김준근은 생전에도 조선 화단에 알려지지 않은 화가였다. 그런 그의 작품 천여 점이 미국, 영국, 프랑스, 독일 등 해외 유명 박물관에 소장되어 있다. 외국 사람들이 가장 자주 접하는 조선 풍속화가가 바로 김준근이란 뜻이다. 왜 이런 일이 생겼을까?

다름 아닌 김준근이 활동한 지역 때문이다. 그는 조선 최초의 개항지인 원산, 제물포, 부산을 돌며 그림을 그렸다. 이곳에서 조선 사람들의 혼례 장면, 그네뛰기나 널뛰기를 하는 모습, 양반과 기생의 유희 등을 그림에 담아 팔았다. 배를 타고 귀국하는 외교관과 선교사 들은 조선에 대한 추억을 되새길 요량으로 너도나도 김준근의 그림을 사 갔고 그게 현재 세계 각국에 퍼지게 됐다. 만약 김준근이 서울이나 평양 혹은 시골에 파묻혀 그림을 그렸다면 그의 작품이 세계 도처에 전시되는 일은 없었으리라.

일이 잘 풀리지 않을 때는
이사를 하거나 환경을 바꿔보길.
요리 실력보다 식당 위치가 더 중요할 때도 있다.

내 안에 이미 있다

"배우 하다가 책까지 쓰니 얼마나 멋져요!"

얼마 전 후배를 만났을 때 그가 내게 한 말이다. 나는 연기든 글쓰기든 생존 때문에 한다. 그게 내 직업이다. 자아실현을 위해서이기도 하지만 먹고살기 위해 하는 거다. 흔히 말하는 생활형 작가이자 배우다.

"글도 잘 쓰고 연기도 하고, 방송은 매끄럽게 진행한다."

나를 아끼는 선생님 한 분이 이렇게 말씀하셨다. 나는 더 잘하라는 칭찬으로 들었다. 내 책 추천사에는 이런 대목이 있다.

　　"명로진은 시니컬하지만 조롱기가 전혀 없고, 진지하지만 유쾌하고, 날카롭지만 약자를 찌르지 않는다. 그는 따뜻하고 겸손한 사람이다. 그리고 재능이 많다."

　　자랑을 하려는 게 아니다. 이건 추천사를 써준 사람이 예의상 한 표현이다. 과장도 있다. 나중에 고마움을 표하는 자리에서 과찬을 하셨다고 말했을 때 그가 말했다.

　　"진짜 그래요. 난 보는 대로 썼는데."

　　그의 대답마저 매너일 거라고 여겼다. 그런데 슬며시 이런 생각이 들었다. 남은 다 보는 걸 나는 못 보고 있는 건 아닐까? 자기 단점을 잘 모르듯 장점도 모르고 있는 건 아닐까? 추천사에 나타난 성품이야말로 내가 꼭 지니고 싶은 것들이다. 그런데 내 안에 이미 있다고?

기대하고 출간했지만 초판도 다 팔리지 않은 내 책에 썼던 이야기가 있다. 불교 선종의 6대조인 중국 혜능의 에피소드다. 혜능은 일자무식이었으나 불법의 핵심을 깨닫고 있었다. 그것은 바로 '내 안에 부처가 있다'는 것이었다. 이 생각 하나로 수많은 학승을 뒤로 하고 5대조 홍인에게 도통을 이어받는다. 혜능은 자신이 깨달은 일에 대해 이렇게 노래했다.

나의 자성이 본래 저절로 청정하다는 사실을 상상이나 했겠는가?
나의 자성이 본래로 불생불멸이라는 사실을 상상이나 했겠는가?
나의 자성이 본래 저절로 모든 것이 갖추어져 있다는 사실을 상상이나 했겠는가?
나의 자성이 본래로 아무런 동요가 없다는 사실을 상상이나 했겠는가?
나의 자성이 능히 일체 만법을 만들어낸다는 사실을 상상이나 했겠는가?*

*   무비 스님, 《무비 스님 新 금강경 강의》, 불광출판사, 107~108쪽

가난하고 천하고 오랑캐라 무시받던 나무꾼이 온 우주의 아름다움과 풍요로움을 마음속에 본래 갖추고 있다는 사실을 깨달았을 때, 그 기쁨이 어떠했겠는가?

나는 이런 생각이 든다. 사랑을 하지 않는 사람이 사랑에 대한 시를 쓰고, 불행한 사람이 행복에 대한 글을 쓴다고.

실제로 차에서 캠핑하는 '차박'이나 야영에 관한 동영상을 가장 많이 보는 사람이 일에 치이는 회사원이라고 한다. 전원주택을 주제로 한 유튜브 애독자는 집 한 채 없는 사람이란다.

나 역시 '행복이란 무엇인가?'라는 글을 쓰는 지금, 인생에서 가장 행복하지 않은 한때를 지나고 있다. 내 불행을 하나하나 적어 내려갈 수는 없지만 내가 느끼기에 현재 내 인생은 바닥 가까이에서 헤매고 있다. 그래서 목마르게 행복을 구한다.

그런데, 그토록 찾아 헤매는 행복의 조건이 이미 내 안에 있다면? 신께서 행복할 모든 조건을 주셨는데 나만 모르고 있는 것이라면? 타인이 보기에는 넘치도록 갖추었는데 여전히 나는 불행하다고 되뇌고 있는 거라면?

행복은 누가 주는 것이 아닌 듯하다. 행복할 조건은 충분하다. 이미 주어져 있는데 찾지 못하고 있을 뿐이다.

나는 오늘부터 행복하기로 했다.

부록

77인에게
묻는 행복

김면중

다섯 살 아들 녀석이 눈웃음치며 다가와
"아빠 안아줘." 하면서 제 품에 안길 때 가장 행복합니다!

김성신

프랑스의 소설가이자 시인인 샤를 단치에게 독서란,
유한한 존재인 인간이 죽음에 맞서 벌이는 투쟁이자
불멸을 지향하는 가장 장렬한 행위이다.
책을 읽다 보면 종종 눈앞이 번쩍하는,
그야말로 벼락같은 순간들이 있다.
그 찰나가 더없는 즐거움과 행복의 시간이다.

차무진

4시간 후,
수술실 밖으로 막 나온 침대 위의 아버지가 눈 뜨고 있을 때.

김도형

비싼 술에 의지한 채
음질 좋은 마이크를 붙들고 부르는 노래보다,
일하다 잠시 흥얼거린 잊혀가는 유행가가 나를 행복하게 합니다.

박준혁

행복을 잡으려 하지 않고 지금을 받아들이니 행복하더이다.
코로나를 벗어나려고 하지 않고,
어제보다 더 나은 오늘을 살려고 애쓰지 말고,
지금 놓인 상황에 푹 젖어 하나하나 내려놓으니 행복합니다.

김정환

가끔, 아니 종종 밤을 꼬박 새고 늦잠을 자서
정말 늦은 시간에 일어나는 것.
학생 시절을 지나 이 나이에
이렇게 늦잠을 자도 된다는 게 좋네요.

최은숙

애정하는 화초에 빼꼼 고개 드는 새순을 발견했을 때,
끊임없이 눈을 맞추며 새록새록 피어나는 신비로움을
온전히 관찰할 수 있을 때 기분이 참 좋아요.
보는 것만으로도 생명의 힘을 느낀답니다.

박종현

금요일 저녁 퇴근하고 집에 가는 길,
갑자기 아내가 애들 데리고 친정 간다고 할 때 행복합니다.

뚝소리샘

졸업한 제자의 뜬금없는 메시지에
긴 여운의 행복을 느낍니다.
"선생님, 보고 싶어요."

맹대곤

미용실에 머리 자르러 갈 때,
바리캉에서 나는 리드미컬한 소리를 들으면
노곤한 느낌이 들면서 편안해진다.
그리고 마무리하면서 머리 감겨줄 때의
그 상쾌함이 작지만 소중한 행복이라고 생각한다.

송병진

다른 사람의 행복한 순간을 기록할 때 뿌듯해요.
그래서 저는 다른 사람의 사진을 종종 찍어요.
그 사람이 환하게 웃고 있는 모습을 '인생 사진'으로
남겨줄 때 행복해요.

강휘종

나에게 찾아올 행복이 무엇일지
궁금하고 기대되는 지금이 행복하네요.

지상균

뜨거운 사우나에서 땀을 빼다가 시원한 냉탕에 들어갈 때
천국이 따로 없다.

안지형

샤워 후 에어컨 틀어놓고 누워서 이불 덮을 때.
시원하면서 따뜻한 그 기분.

이연화

맛있는 음식을 가족과 같이 먹을 때,
조용한 아침에 좋아하는 음악을 들으며 책 읽을 때,
읽고 싶었던 책 이벤트에 응모했는데 당첨됐을 때,
길 가다가 예쁜 꽃을 발견했을 때, 맑은 파란 하늘을 볼 수 있을 때,
사춘기 아이에게 '사랑해'라고 말해주며 아이가 나를 안아줄 때
행복합니다.

오미애

늘 싼 비행 티켓을 예약해 가는 여행길,
길고 고된 비행 끝에 여행지에 도착해 숙소에 짐을 풀고
샤워한 후 마시는 첫 맥주 한 잔!

데니스 홍

사람들을 행복하게 해줄 때 가장 행복합니다.

김희자

아이들, 남편 다 재운 다음 보고 싶던 밀린 드라마나
시시껄렁해도 픽 웃음이 나오는 예능을 보며
시원한 맥주 한 캔 하면 안주가 없어도 행복합니다.

임정현

집 안 청소 깨끗하게 해놓고, 데려온 고양이들 안아주고
빗질한 다음 화초에 담뿍 물을 줍니다.
커피 한 잔 하면서 선물받은 하루를 감사하게 생각합니다.

김혜나

온종일 정신없이 일하고 집에 와서 샤워하고
차가운 맥주 한 캔 딱 따는 순간이요.

황보환

누군가가 나로 인해 행복감을 느낄 때
나 또한 더불어 행복함을 느끼죠.

박로사

혼자 고요히 있는 걸 좋아하는데,
코로나 이후 딸아이 수업이 온라인으로 대체되어
나만의 시간이 사라졌어요.
요즘 가끔 아이가 외출하는 날은 시간을 되찾은 듯 행복해요.
틈새 행복이랄까.

서상희

아침에 신랑이랑 아파트 놀이터에 가서
배드민턴 칠 때 행복합니다.
촌스러운 폼으로 셔틀콕을 쳐내도
신랑이 씩 웃으며 귀엽다고 해주면 그저 좋아요.

김종철

세 살 같은 스물두 살 윤아.
아빠, 엄마밖에 모르는 윤아.
복지관 갔다 와서 조그만 의자에 앉아
아빠의 퇴근만을 기다리는 윤아.
"윤아야! 아빠 왔다." 소리에 벌떡 일어선 윤아를
꼬옥 안아주는 그 순간.
이보다 더 행복한 게 있을까?

박미영

여행 출발하기 전 짐을 쌀 때,
일상을 잠시 잊고 여행이라는 쉼표를 찍을 때 행복합니다.
돌아올 곳이 있어 떠나는 일이 행복하죠.

권대웅

퇴근하면서 슈퍼에 들러 막걸리 두 병,
두부 한 모를 사서 집으로 갑니다.
두부 위에 간장 두 스푼, 고춧가루 반 스푼,
파와 청양고추 조금 썰어 넣고 그 위에 깨소금까지 뿌린 뒤
막걸리를 마시는 시간, 취기와 함께 가슴으로
뭉근하게 올라오는 것들이 있습니다.
시가 되는 시간입니다.

김규완

좋은 공연에서 예상치 못한 감동과 더불어
삶에 대한 작은 깨달음을 얻을 때!

박래원

늦잠으로 시작해서
좋아하는 책으로 마무리하는 주말이 행복합니다!

이미경

알라딘 중고 서점에 가서 평소 읽고 싶었던 책을 사서
택배 주소 적고 돌아올 때,
책이 담긴 박스를 풀 때 완전 행복합니다.

강희범

저는 기도할 때 가장 행복합니다.
간절히 기도하면 하나님 뜻에 따라
언젠가 모두 다 이뤄주신다고 믿습니다.
응답받은 이후의 제 삶을 미리 그려보면서
준비를 하기 때문에 행복합니다.

윤석롱

아침마다 24시간이란 하얀 캔버스 한 장에
무엇이든 나만의 삶을 그릴 수 있음이 행복이다.

임선경

침대에서 눈을 떴는데
고양이가 내 옆에서 자고 있는 걸 볼 때 행복하다.

김민구

하루의 끝에 치열했던 생각을 모두 정리하고
피곤한 내 등을 잠자리에 막 놓아주었을 때인 것 같아요.

크리스틴 오

막 잠들기 전 곤히 자고 있는 가족을 볼 때,
아침에 눈을 떠 인사를 할 때,
내게 주어진 시간이 당연한 것이 아님을 느끼며 참 행복합니다.

황경희

등 따시고 배부를 때,
더운 여름 계곡에 발 담그고 재미있는 책 읽을 때,
좋아하는 음식 눈으로 먼저 보고 첫 수저 들 때,
입금 문자 받았을 때,
수업이 잘 풀려 신나게 수업하고 교실을 나올 때,
가족 카톡방에 각자의 기쁜 일을 먼저 알려줄 때,
멋진 풍경을 마주하고 있을 때.

양나연

하던 일이 잘 안 풀려 어깨가 축 처져 있는데,
아들이 다가와 "엄마 옆엔 내가 있잖아." 하며 꼭 안아줄 때.

엘런 킴

열심히 일하고 퇴근해서 운동한 후, 마음 맞는 사람과 함께
시원한 맥주나 향 좋은 와인을 마시면서
다정하고 시시껄렁한 대화로 하루를 마무리하는 것.

방혜영

더운 여름날, 집에 도착해서 마스크를 벗는 순간 행복하다.

김한영

솜씨는 없지만 해드릴 수 있는 소소한 먹거리를 마련하면
좋아하시는 엄마. 아련한 아픔이 뭉친 가슴으로
하루하루 잘 이겨내며 살아내고 있는 엄마.
많이 부족해 마음만큼 챙겨드리진 못하지만
함께 하는 지금 이 순간, 요즘의 일상이 행복입니다.

김완준

내가 좋아하는 페이스북 친구가
좋아하는 작가의 책을 이야기하는 글을 볼 때 행복합니다.

유민희

더운 날 세 식구가 방에 모여 앉아 에어컨을 쐬는데,
아이가 우리 같이 끌어안자고 할 때요.
코로나 시대에 셋 다 무사히 잘 지내서 좋고,
전기세 낼 능력이 있어서 다행이고,
셋이 얼굴 비비며 있어도 시원해서 행복하네요.

김사원

미세먼지 없는 날을 골라 창문 열고 늘어지게 낮잠 자기!
상상만 해도 행복합니다.

최정훈
전화 너머로 오늘 했던 농사일,
마을회관에서 함께한 동네 어르신들과 보낸 하루 일상을
도란도란 이야기하시는 어머니 목소리를 들을 때
참으로 행복합니다.

남준기
맑은 강물을 볼 때,
푸른 숲속을 걸을 때,
시원한 밤바람이 불어올 때,
심심한 냉면 육수 들이킬 때.

김여경
가족들이 아침이면 나가고 저녁이면 다시 들어와
저녁 식사를 함께할 수 있다는 것이 가장 행복합니다.

김영주
내가 하고 있는 일에 자부심이 느껴질 때,
사랑하는 가족, 정겨운 벗과 맛있는 거 먹으며 수다 떨 때 제일 행복해요.

이향란
하루를 열심히 살아낸 저녁,
술 한잔하며 또다시 내일을 꿈꿀 때.

박상현
예상 밖의 타인이 내 마음을 알아줄 때 행복합니다.

별게 다 행복합니다

김인원
가족이 모두 모여 이야기하며 식사할 때,
하루를 무탈히 마무리하면서 잠자리에 들 때,
다른 사람의 성장, 성과에 도움이 된다는 말을 들었을 때.

조용복
해 질 녘 마당 벤치에 앉아 솔솔 불어오는 바람이
등줄기에 흐른 땀을 씻어줄 때
행복하다, 너무 감사하다 느낍니다.

이사벨라
걷는 순간 저는 행복이 밀려옵니다.
두 다리로 걷고 뛸 때의 심장박동을 느끼는 순간
감사와 행복 속에 머물게 됩니다.

사태희
전에는 가족들이 즐거워할 때 제일 행복했어요.
그런데 지금은 가족들이 제 돌봄이 필요하지 않은 것 같아요.
지금은 책 만들고, 내가 생각한 것이 인정받을 때 행복해요.

윤진화
빨간 날이 월요일에 있을 때,
지각인 줄 알고 눈 떴는데 토요일일 때,
건강검진 결과 들으러 갔는데 다 괜찮다고 할 때,
똑같은 옷을 남보다 더 저렴하게 산 걸 알았을 때,
수박을 쪼갰는데 적당하게 잘 익었을 때
차 끌고 약속 장소에 도착할 때까지 빨간불에 한 번도 안 걸렸을 때,
전혀 생각하지 못한 이가 사심 없이 보고 싶었다며 전화할 때.

박종숙

이른 아침 잠자는 아이의 사랑스러운 모습,
깨우기 미안해도 엉덩이 툭툭 치며 깨우면
가슴으로 파고드는 아이의 체온이 느껴질 때
가장 행복합니다.

에헤야

뒷동산이라도 혼자 여행하는 기분으로 걸을 때
참 행복합니다.

김성숙

주말에 늘어지게 푹 자고 맞는 오전, 여유롭게 브런치 먹기.

강진예

모기 하나 없는 여름밤,
강변을 산책할 때 찾아오는 평안이 제게는 행복입니다.

곽원기

기대하지 않고 틀은 영화에서 예상치 못한 반전을 만났을 때,
기억에 남는 영화를 볼 때 즐거워요.

권용태

어느 순간에 몰입할 때 즐겁습니다.
음식의 맛에 열중할 때,
샤워하며 쏟아지는 물줄기를 온몸으로 느낄 때,
달리면서 숨이 턱 끝까지 차오를 때 행복합니다.

최수현

저는 이상하게 비 오는 날이면 행복합니다.
빗소리가 떨어질 때,
세상이라는 무대에 드럼이 연주되는 것 같아요.
그러면 마음이 쿵쿵 울립니다.

이다혜

아이는 학원에, 남편은 직장에 있는 오후 시간.
저녁 식사를 준비하기 위해 장을 보는 시간이 좋습니다.
오늘은 어떤 메뉴를 만들어볼까 하는 생각에 흥이 나고,
맛있게 먹어주는 가족들의 모습을 보면 더더욱 행복해집니다.

박건찬

뭐니 뭐니 해도 좋아하는 야구팀의 경기를 보며 치킨 먹을 때!

김수연

하루를 마무리하며 일기를 쓸 때 저는 행복해집니다.
우울하기만 했던 날도 일기를 쓰면서 희망을 발견하고,
우울감이 덜어지는 경험을 하게 되니까요.

현다원

사람들과 통화하며 안부를 묻는 시간이 제겐 소중해요.
별다른 일이 없어도 전화를 걸어
시시콜콜한 이야기를 하다 보면 기분이 좋아지더라고요.

정하정
공휴일만 되면 이틀 전부터 너무 행복합니다.

이근기
퇴근길 하늘을 올려다볼 때 행복하다.

김한빛
사랑하는 사람과 함께할 때도,
맛있는 음식을 먹을 때도 좋지만
무엇보다 아무 일도 하지 않고 멍 때릴 때가 가장 좋다.

손지원
농구 끝나고 시원한 이온음료 마실 때 행복하다.

이충열
매일 소주에 새우깡 안주만 먹던 친구들에게
재난지원금 받아서 소고기 사주었을 때
엄청 행복했습니다.

양연호
길이나 가게에서 우연히 옛 친구를 마주쳤을 때
저는 반가움과 함께 잊고 있었던 행복을 마주치는 것 같아요.
그 친구에게 멋쩍게 인사를 건넸을 때
반갑게 받아주면 더더욱 좋고요.
인연이라는 게 정말 있는 것 같아 신기하기도 하고
기분이 좋아집니다.

강성엽
처음 도전하는 요리가 한 번에 잘 만들어졌을 때.

이길용
겨울철 옷을 꺼입는데 따뜻하면서 뽀송뽀송한 느낌이 들 때
새삼 행복하다고 생각합니다.

박민석
만두 찔 때 올라오는 하얀 김,
갓 해온 떡에서 나오는 그 고소한 김이 저는 그렇게 좋아요.

안현준
요새는 평범한 일상을 누리는 것만으로도
행복하다는 생각이 든다. 퇴근 후 이어폰에서 흘러나오는
잔잔한 노래를 들으며 집에 갈 때,
인테리어 용품을 쇼핑할 때 행복하다.

박지윤
부모님이 해마다 결혼기념일에 여행을 떠나실 때,
아무도 없는 집에서 늦게 일어나고
적당히 어질러진 방에서 늦도록 게임도 하며
혼자서 자유를 만끽하는 시간이 행복합니다.

이상민
사랑하는 여자친구에게 마음을 얻어
처음으로 입을 맞추었을 때의 그 달콤한 기분.
내 생에 최고로 행복했습니다.

별게 다 행복합니다

1판 1쇄 발행 2021년 8월 20일

지 은 이   명로진
펴 낸 이   신혜경
펴 낸 곳   마음의숲

대   표   권대웅
편집주간   박현종
편   집   채수희 김혜원
디 자 인   임정현 박기연
마 케 팅   노근수

출판등록   2006년 8월 1일(제2006-000159호)
주   소   서울특별시 마포구 와우산로30길 36 마음의숲빌딩(창전동 6-32)
전   화   (02) 322-3164~5 팩스 (02) 322-3166
이 메 일   maumsup@naver.com
인스타그램   @maumsup
용지 (주)타라유통 인쇄·제본 (주)에이치이피